Narratori

SUSANNA TAMARO

Il vento soffia dove vuole

SOLFERINO

SOLFERINO

www.solferinolibri.it

La poesia citata a p. 38 è *Ed è subito sera* di Salvatore Quasimodo,
contenuta nella raccolta *Acqua e terre* (1930).
La poesia citata a p. 203 è *Tu non sai* di Alda Merini,
contenuta nella raccolta *L'anima innamorata* (2000).
La poesia citata alle pp. 227-228 è *Avevamo studiato per l'aldilà*
di Eugenio Montale, contenuta nella raccolta *Xenia* (1966).

Pubblicato in accordo con The Agency srl di Vicki Satlow

ISBN 978-88-282-1289-8
Prima edizione: ottobre 2023

Il vento soffia dove vuole

Il vero miracolo è che le cose siano.
LUDWIG WITTGENSTEIN

Che cos'è la conoscenza?
Il senso della vita immortale.
E che cos'è la vita immortale?
Sentire tutto in Dio. Perché l'amore viene dall'incontro.
ISACCO DI NINIVE

Il vento soffia dove vuole e ne senti la voce,
ma non sai dove viene né dove va:
così è chiunque è nato dallo Spirito.
Giovanni 3,8

Per Alishe

Cara Alisha,

È il 26 dicembre e sono seduta in cucina.

Potrei starmene in salotto, magari davanti al camino acceso, ma il fuoco è un piacere che richiede compagnia, guardarlo da soli rischia di suscitare strane idee: i ciocchi bruciano, come bruciano le nostre vite divorate dal tempo, di loro rimane polvere come polvere un giorno rimarrà dei nostri corpi; e poi la cucina è il luogo della vita, è qui che pranziamo e ceniamo in famiglia, è qui che abbiamo avuto i nostri battibecchi, le nostre discussioni, è qui che, ogni tanto, sono scoppiate per fortuna le risate ed è sempre qui che abbiamo preso le varie decisioni tutti insieme.

Ricordi quando, ai primi di dicembre, ho lanciato l'idea del «Natale liberi tutti»? Hai notato l'attimo di incredulo silenzio che è seguito?

«È uno scherzo?» ha chiesto Ginevra.

«No, una proposta seria.»

«Allora basta invertire i termini» hai commentato, sorridendo. «Pasqua con i tuoi, Natale con chi vuoi.»

«E chi si è visto, si è visto» è stata la conclusione di tua sorella. L'unico ad avere un'espressione desolata era il piccolo Elia.

«Ma come? Niente albero, niente presepe, niente regali?»

Ho dovuto rassicurarlo.

«Tranquillo. Faremo tutto come si deve, regali, albero, poi il 26 liberi tutti!»

La prima a partire sei stata proprio tu senza aspettare Natale, dato che la meta che avevi scelto era lontana, mentre Ginevra si era procurata un invito dalla sua amica Diamante che ha una casa a Cortina ed Elia era sembrato felice di passare le vacanze con la famiglia del suo amico del cuore. Ricordi la risata che si era fatta Ginevra quando tuo padre aveva annunciato che avrebbe seguito un corso per imparare a scalare le cascate di ghiaccio con i suoi amici del Cai?

«Ma papà, sei vecchio!»

«Non c'è vecchiaia del corpo se non c'è quella dell'animo» le aveva risposto serafico Davide mentre Elia lo fissava con gli occhi sgranati.

«È pericoloso, papà.»

Il 25 comunque abbiamo festeggiato Natale come al solito, con i nonni, gli zii e i tuoi cugini arrivati dal Molise carichi come ogni anno di cibi tradizionali e di regali. Erano delusi di non vederti, ti salutano tanto.

Il pomeriggio della Vigilia ci sono stati momenti di panico perché non si trovava più il Bambino. Ero sicura di averlo messo via assieme agli altri personaggi del presepe, invece nella scatola non c'era. Tutti gli altri erano lì: i pastori, le pecore, le papere con il loro stagno, l'angelo da sistemare sul tetto di paglia; non mancava nessuno, tranne lui, il Bambino. Più non si trovava, più Elia si agitava. «I negozi oggi sono chiusi» continuava a ripetere. «Chiusi, chiusi! I negozi sono chiusi! Come facciamo?»

«Che problema c'è?» gli ha risposto Ginevra irritata. «Prendiamo una noce, ci disegniamo sopra gli occhi e la bocca e lo mettiamo nella culla. Tanto è solo una convenzione, no?» ma Elia non ne voleva sapere.

Allora tuo padre ha pensato di rimediare tentando di dare forma a qualcosa che assomigliasse a un bambino con la plastilina. Già mi aspettavo una battuta acida di Ginevra del tipo «Non vedi che sembra un porcello?» dato il colore rosa shocking del pongo, quando fortunatamente il nostro fido Felix ha fatto riapparire da sotto il divano, con un rapido colpo di zampa, il piccolo Gesù, avvolto in una nube di pelliccia invece che di paglia ma, per fortuna, intero. Chissà, forse era là sotto dal gennaio scorso! Comunque, trovato il Bambino, la pace è nuovamente ridiscesa in casa e a mezzanotte Elia ha potuto farlo planare nella culla, come da tradizione.

Al piano di sopra tutte le valigie erano pronte. Passandoci davanti ho pensato che, in fondo, sembrava un Natale celebrato in una stazione ferroviaria: erano tutti lì ma tutti con la mente proiettata alle partenze di stamattina. Ginevra stava già pensando allo scintillante lusso della Cooperativa di Cortina, Elia ai giochi che avrebbe fatto con la sua squadriglia e Davide ai ramponi che avrebbe infilzato nel ghiaccio.

«Sei sicura di voler rimanere sola?» mi ha sussurrato tuo padre ieri sera a letto.

«Hai paura del colpo della strega?» ho scherzato.

«No, che possa succederti qualcosa.»

«Cosa vuoi che mi succeda? Sono solo un po' stanca.»

Non sembrava convinto: «Davvero non vuoi che resti?».

«No, ti fa bene andartene per un po' in montagna, e poi so che con i tuoi amici sarai felice.»

«E tu?»

«Io sarò felice di starmene un po' da sola.»

Questa mattina la sveglia è suonata all'alba e alle undici la casa era già vuota. Ho messo a posto l'inevitabile scia di disordine lasciata dalla loro partenza e dopo aver mangiato qualche avanzo della cena natalizia sono andata a riposare sul divano con un bel plaid caldo sulle gambe.

Da sei anni ormai viviamo in questa casa sulla collina e in sei anni non mi è mai capitato di trascorrere un giorno e una notte completamente sola. Mi è successo, certo, quando ero più giovane e abitavamo in città, quando vostro padre viaggiava molto per lavoro e voi eravate ancora al di là del nostro orizzonte. Ma la solitudine in un condominio è molto diversa da quella di una casa circondata dai boschi dove i rumori, per lo più sconosciuti, generano inquietudine e i silenzi sono davvero silenzi.

Ricordi quella tua amica di Bologna che doveva stare da noi per una settimana ma che dopo la prima notte, con una scusa chiaramente inventata, ha voluto tornare in città? Forse non se ne era resa conto ma io ho intuito che si trattava proprio di questo: la notte che è veramente notte – non un lampione, non un'insegna, non le luci del palazzo di fronte, solo buio, buio e buio – scatena in noi una paura atavica. Nell'oscurità della nostra storia evolutiva, infatti, erano in agguato le belve: gli orsi, i lupi, le tigri con i denti a sciabola, altri esseri umani armati di clave e l'assenza di luce fa riemergere i loro fantasmi nelle nostre notti contemporanee.

C'era stata una discussione tra i tuoi fratelli a tavola, a questo proposito, l'antivigilia di Natale. Elia era preoccupato per me.

«Davvero starai tutta sola in casa? Non avrai paura?»

«Ma cosa dici? Mica sarà sola» gli aveva risposto Ginevra ridendo. «Ci saranno i fantasmi a farle compagnia.»

«Fantasmi?» Tuo fratello la fissava incredulo.

«Certo. Tutte le vecchie case sono piene di fantasmi. Non li hai mai sentiti di notte che ti fanno il solletico?»

«Io no. Chi sono i fantasmi?»

«Tutte le persone morte che sono vissute qui dentro prima di noi.»

«E sono buone?»

«Dipende.» Ginevra lo aveva fissato con un'espressione crudelmente sapiente. A quel punto Davide aveva preferito cambiare argomento. Ma la mattina dopo, durante la prima colazione, Elia aveva voluto tornare sulla questione.

«Ti sbagli» aveva detto a Ginevra, «in questa casa non ci sono fantasmi ma angeli» e, a conferma della sua tesi, aveva tirato fuori dalla tasca una piuma bianca. «L'ho trovata stamattina ai piedi del mio letto.»

«Sei proprio tonto!» l'aveva fulminato vostra sorella. «Non vedi che è una piuma del culo delle nostre galline?»

«Se fosse del loro culo, sarebbe sporca di cacca e invece è pulita. Guardala: è proprio di un angelo» aveva ribadito lui, sventolandogliela sotto il naso. «Sei tu che non sei capace di vederli.»

Ora, osservando fuori dalla finestra, mi rendo conto che le giornate hanno iniziato ad allungarsi. L'albero di cachi in fondo al prato, che a quest'ora dieci giorni fa era già stato inghiottito dall'oscurità, ora brilla nel crepuscolo con l'arancio dei suoi frutti maturi. Le orbite celesti ci costringono alla ripetitività dei cicli ma, finché viviamo nel caos artificiale delle città, non possiamo esserne consapevoli. Inseguiamo la vita ventiquattro ore su ventiquattro senza renderci conto che in questo modo recidiamo – o veniamo costretti a recidere – il nostro più profondo legame con il cosmo e, senza una domanda su questo legame, è sempre più difficile comprendere la vera radice dell'umano.

Intorno a me, la luce nella stanza sta scemando ma non ho fretta di accendere una lampada. Riesco ancora a vedere sulla parete di fronte il primo quadretto che hai fatto all'asilo. Non ho avuto cuore di buttarlo via durante il trasloco.

«Ma è orrendo, mamma!» mi avevi rimproverata quando lo avevo appeso. «Perché non l'hai lasciato a Parma?»

«Perché sei già tutta tu» ti avevo risposto e tu, troppo giovane per capirlo, avevi semplicemente scosso la testa.

Ieri ho ricevuto via WhatsApp la foto di te e Luca abbracciati con i copricapi lapponi in testa e l'emoticon di un pupazzo di neve. Sembrate davvero felici. Spero abbiate passato un bel Natale, lassù in Finlandia.

Ecco, l'oscurità ha ormai preso il sopravvento, le cose intorno a me sono scomparse, l'unico punto luminoso rimasto è lo schermo dello smartphone sul tavolo. L'ho girato a faccia in giù, poi mi sono alzata e sono andata al cassetto dove teniamo l'occorrente per le frequenti interruzioni dell'elettricità: la torcia frontale per andare a chiudere d'inverno le galline nella stia, la grande lampada da campeggio per il centrotavola, le torce più piccole per le camere da letto e poi un bel pacco di care vecchie candele. Ne ho presa una, l'ho infilata nell'ammaccato candeliere di peltro, l'ho accesa con un fiammifero e sono tornata al tavolo.

La luce era fioca ma sufficiente per scrivere. Appena ho appoggiato la penna sulla carta, mi sono resa conto di come tutto ciò che ha costruito la nostra umanità, nel corso del tempo, sia nato proprio così, sotto la luce traballante di una fiamma. Un piccolo cuore caldo e intorno il grande buio. Una debole fiamma sfida le tenebre della notte ma, con le sue ombre, i suoi scricchiolii, il buio permane e nell'oscurità danzano i fantasmi. Tutto quello che potrebbe essere e non è, così come tutto ciò che è e potrebbe non essere, appare e scompare.

Ora sono stanca, vorrei dirti ancora tante cose ma per fortuna ho una settimana di tempo davanti a me.

Stamattina mi sono svegliata con la casa circondata dalla nebbia. Un tempo, dicono le persone del posto, non riusciva ad arrivare così in alto ma dopo la costruzione della grande diga l'equilibrio del clima si è alterato. So che c'è il sole e che sarà una splendida giornata ma devo attendere con pazienza che si manifesti. Sono nata nel mese di novembre a Ferrara e dunque posso dire che la nebbia in qualche modo fa parte del mio Dna, così come lo smarrimento che porta con sé. Ma in casa è diverso, ti muovi e conosci la distanza tra le cose; sei protetto dal compiere passi nell'incertezza. Eppure in qualche modo la nebbia ti invita a essere cauta, a non avere troppe superficiali sicurezze.

Quando si è incrinata la tua leggerezza infantile, quando è comparsa la domanda che tuo padre e io da sempre temevamo?

Era un giorno di nebbia anche allora. Abitavamo a Parma e frequentavi le superiori. C'era stato qualche piccolo campanello d'allarme. Eri sempre nervosa, rispondevi sgarbatamente e il pomeriggio uscivi senza comunicarci dove andavi. Tuo padre, preoccupato, un giorno ti aveva seguita e ti aveva scoperto in compagnia di persone che non gli erano sembrate affidabili. Non aveva esitato un attimo a prenderti e riportarti a casa, incurante degli schiamazzi del gruppo. «Non sono mica un padre pupazzo» ti aveva detto rientrando, con la sua voce tonante. Quella sua irruzione nella tua vita ti aveva turbato e irritato. Per la prima volta ti avevamo visto fare il muso.

Un giorno sei tornata da scuola furente, lanciando con rabbia lo zaino a terra.

«E allora, dato che non posso fare quello che mi pare, almeno voglio sapere chi sono!»

«Mi sembra un'ottima idea» è stato il commento pacato di tuo padre. «Tutti noi vogliamo sapere chi siamo.»

Prima del tuo arrivo, stavamo discutendo dove trascorrere le vacanze estive. Avevamo deciso per l'isola di Vulcano, dato che nessuno di noi ne aveva visto uno da vicino. Il sabato successivo, dunque, sei andata in biblioteca con tuo padre e ne sei tornata con una pila di libri da portare al mare.

La partenza era prevista in giugno, dopo la fine della scuola. Ginevra ha riempito una borsa di creme solari di ogni tipo, dato che la sua unica intenzione, ha proclamato, sarebbe stata crogiolarsi al sole come una lucertola. Tu, invece, ti sei caricata sulle spalle il peso non indifferente di quei volumi di cultura indiana.

La casa che avevamo preso in affitto era isolata, immersa in una vegetazione lussureggiante e dalle finestre si vedeva il vulcano. Tuo padre e io eravamo stati attratti anche dalle famose pozze calde di fango dell'isola in grado, si diceva, di far sparire qualsiasi dolore. Ginevra aveva subito messo in chiaro che lei in quella melma schifosa non avrebbe mai messo piede, mentre tu sembravi distante da tutto, indifferente a qualsiasi programma. Era come se i tuoi occhi, a un tratto, si fossero focalizzati in un'altra dimensione; la luce del tuo sguardo, sempre così brillante, era scomparsa. Sarebbe tornata? mi domandavo. Oppure su quel velo se ne sarebbe potuto posare un altro, e un altro ancora, portandoti in luoghi dove sarebbe stato sempre più difficile raggiungerti?

Comunque, se ben ricordi, un imprevisto maltempo aveva spazzato via tutti i nostri sogni. Rabbiosi venti dal nord si erano abbattuti fin da subito sull'isola, seguiti da violenti scrosci di pioggia, e una spessa coltre di nebbia aveva inghiottito la cima del vulcano, rendendola invisibile.

Avevamo affrontato il primo giorno con allegria, passerà pensavamo ma, al terzo, la depressione aveva preso il sopravvento. Ginevra era di umore sempre più nero: «Avreste dovuto avvisarmi che saremmo andati in Norvegia!».

Faceva molto freddo. Quando tuo padre e io eravamo andati all'Ufficio di Informazione Turistica per avere qualche notizia sul meteo, ci avevano accolto allargando le braccia, desolati. Nebbia in giugno e 14 gradi! Non era mai successo! Ci avevano anche pregato di non divulgare la notizia. «Se si viene a sapere che a Vulcano c'è la stessa temperatura della Svezia, qui la stagione è finita.»

Gli unici a non essere particolarmente turbati sembravate tu e tuo padre. Davide usciva ogni mattina e camminava tutto il giorno come se fosse in vacanza sulle Dolomiti invece che su un'isola nel sud del Tirreno mentre tu, avvolta negli asciugamani da spiaggia come una tuareg per proteggerti dal freddo, passavi il tempo in cucina a leggere i tuoi libri. Ginevra si era rintanata in camera, sotto le coperte, a chattare con le sue amiche e lamentarsi della sventura che stava vivendo.

Tu leggevi un po' in silenzio, un po' a voce alta e i passi che ti risultavano incomprensibili – quasi tutti – li ripetevi più volte con la speranza che, martellandoli alle tue orecchie, prima o poi avrebbero rivelato il loro senso.

Ti aveva molto colpito il termine sanscrito *Samdhya* e avevi voluto leggermi il passo che lo spiegava.

> Samdhya *si riferisce allo stato intermedio tra questo mondo e quell'altro, lo stato di sonno, l'incontro tra le luci del mattino e quelle della sera.*

«Se ci pensi, in fondo non è molto diverso dal nostro modo di dire: "tra il lusco e il brusco"» ti avevo suggerito. Avevi alzato la testa dal libro, sorridendo; quell'espressione – «tra il lusco e il brusco» – ti aveva sempre colpita.

«È buffo. Cosa vorrebbe dire di preciso?»

«Che alcune cose scompaiono e altre ne appaiono, come quando al crepuscolo, in cucina, aspetto troppo ad accendere la luce.»

Eri sprofondata di nuovo nel libro, i pugni sulle tempie, continuando a leggere ad alta voce:

Non si tratta solo della conseguenza di due momenti del tempo – quello della luce e quello del buio – ma di tutte le coppie di opposti che costituiscono la realtà unica e cosmica: uomo e donna, vecchio e giovane, sole e luna, giorno e notte, bene e male, Dio e creatura, luce e tenebra.

«Questo si capisce un po' di più, vero?» avevi commentato.

«Sì, così mi sembra più chiaro.»

«Continuo?»

«Continua.»

Samdhya *si riferisce al sorgere del sole, quando ogni cosa può ancora diventare, o al tramonto, quando tutto è già accaduto; e tanto quanto all'aurora l'essere umano può essere pieno di speranza per le cose da realizzare, altrettanto al tramonto non può fare altro che pregare perché il tempo e lo spazio dell'azione sono finiti.* Samdhya *è come una sfera capace di abbracciare la nostra vita, il nostro destino e l'esistenza dell'intero universo.*

In quel momento aveva fatto irruzione Ginevra.

«Possibile che in questa casa non si mangi mai?» Poi, vedendoti chiudere il libro, ti aveva chiesto: «Stavi già facendo i compiti?» e tu, dopo un istante di esitazione, avevi annuito.

«Se avessi saputo che sarebbe stato tutto così schifoso, avrei portato anch'io i libri, così mi sarei tolta quest'incubo, invece di trascinarlo fino ai primi di settembre.»

Dato che la menzogna non faceva parte del tuo carattere, quella piccola bugia mi aveva fatto riflettere. Di fronte alla ribalda sfrontatezza di tua sorella temevi di parlare della tua esigenza di identità, e di ciò che questo tuo nuovo desiderio stava svelando.

Soltanto il mattino seguente, al risveglio, avevo capito che quella innocente bugia era il velo di pudore con cui tutelavi la piccola luce nascente della tua vita interiore. Ginevra non aveva né l'età, né il temperamento adatto per poter comprendere le sfumature dell'invisibile. Se ti fossi esposta, avrebbe ridicolizzato ogni tua parola ed era questo che, alle soglie del *Samdhya*, temevi più di ogni altra cosa.

Che grande mistero si nasconde in questo. Alcuni bambini sembrano nascere consapevoli dell'esistenza di una segreta soglia da cui provengono, mentre altri vivono l'intera esistenza senza venir sfiorati dal sospetto che ci sia qualcosa di più e di diverso dalla solida materia che ci compare davanti.

Tu, dunque, non volevi condividere il tuo mondo interiore con Ginevra. Vale anche l'inverso? Vuoi davvero entrare tu nel suo mondo o, quando tenti, lo fai ancora una volta per una sorta di pudica gentilezza? Nulla ti appassiona realmente dei suoi vestiti, delle sue manie, dei suoi amici ma per non ferirla – e non essere ferita – fingi sempre un grande interesse e questa finzione non credo sia sotto il segno della menzogna quanto, piuttosto, della delicatezza.

Quel per noi infelice soggiorno all'isola di Vulcano è stato per te un passaggio determinante. Come un seme che, per quanto sepolto sottoterra, sa sempre in che direzione germogliare alla ricerca della luce, così tu, sprofondandoti nella quasi inafferrabile complessità dei Veda, ti sei riavvicinata a quella radice che era stata sempre viva in te e alla quale, fino ad allora, non avevi saputo dare un nome.

Forse la diversità dei semi è la ricchezza del mondo. Alcuni sanno subito con chiarezza di essere chiamati a crescere in direzioni opposte – quella della terra e quella del Cielo, quella della radice e quella dello stelo – mentre altri sembrano privi di questa spinta come se in loro un equivalente spirituale dell'auxina, l'ormone della crescita, fosse assente e dunque trascorrono la loro esistenza nell'oscurità del suolo, senza mai salire, senza mai scendere, senza mai generare vita, convinti che quell'oscura uniformità rappresenti il mondo intero.

Il giorno prima della partenza dall'isola, naturalmente il sole ha ricominciato a splendere.

«Sarebbe bello avere a disposizione una moviola, nella vita» ha commentato vostro padre, «si preme un tasto e tutto ritorna indietro!»

Tu sembravi malinconica, forse ti dispiaceva lasciare quel luogo in cui avevi iniziato a scoprire parte della tua identità, mentre Ginevra non vedeva l'ora di tornare nella sua rassicurante realtà sociale. La compagnia è sempre stata la sua linfa vitale e in questo certo non ha preso da me. Anche se le mie radici sono molto diverse dalle tue, penso che anch'io in qualche modo avessi intuito fin da bambina la presenza del *Samdhya* e che simile consapevolezza mi abbia poi spinto verso una perenne sensazione di disagio; ciò che per gli altri era perfetto, se non addirittura invidiabile, per me non lo era; nella maggior parte delle situazioni provavo inquietudine, timore e a questa inquietudine non sapevo dare un nome.

Di quella disagevole vacanza conservo ancora un'immagine nel mio cuore. Eravamo sul traghetto di ritorno e ci eravamo riparati dagli infuocati raggi del sole all'interno mentre tu e Ginevra eravate rimaste fuori, appoggiate al parapetto, il vento che scompigliava i vostri capelli. Parlavate animatamente e spesso scoppiavate a ridere. Eravate luminose e belle come lo possono essere le ragazze all'inizio della loro vita.

Osservandovi, per un istante ho sentito scendere una imprevista serenità nel mio cuore. I battibecchi, le litigate, i capricci e i musi che da sempre avevano caratterizzato il vostro rapporto forse un giorno sarebbero scomparsi, sareste diventate grandi e finalmente avreste scoperto la bellezza e l'importanza di volervi bene.

È stato proprio nel corso di quell'anno che ho dato a Ginevra l'unico schiaffo della mia vita. Non mi ero mai creduta capace di un simile gesto. Ricordo perfettamente il suo sguardo attonito, lo smarrimento e il muro di silenzio che, a un tratto, si è eretto tra noi. Non so se tua sorella ti abbia mai raccontato questo episodio, del resto neppure io ne ho mai avuto il coraggio.

Perché l'ho fatto? Perché le parole uscite improvvisamente dalla sua bocca non erano state molto diverse da frecce scagliate da un abilissimo arciere: veloci, taglienti, capaci di spezzare il cuore. L'antefatto era di poco conto. Riteneva, come spesso le succedeva, che tu avessi ricevuto qualcosa di più o di migliore rispetto a lei.

«È tutta colpa tua se ce l'abbiamo tra i piedi. Tu e la tua mania di salvare tutti! Avevamo proprio bisogno di prendercela in casa?»

Ci sono certi parassiti che penetrano nel corpo umano attraverso la pelle e lavorano a lungo, in silenzio, all'interno dell'ospite; quando alla fine si manifestano, la devastazione è già a uno stadio avanzato. Così quella freccia avvelenata sta ancora conficcata nel mio cuore, anche se il muscolo ha continuato a svolgere il suo lavoro con commovente regolarità.

Tutto sembrava normale ma niente più lo era.

Durante la Seconda guerra mondiale una contadina, zia di un mio vecchio amico, era stata colpita da una pallottola vagante e aveva vissuto tutta la vita con quel proiettile nel corpo. Quando, anni dopo, un dottore lo aveva scoperto, era stato così saggio da capire che era meglio lasciarlo dov'era. Quel piccolo pezzo di metallo era ormai stato perfettamente accettato dall'organismo; affrontare un'operazione per toglierlo avrebbe rischiato di compromettere l'equilibrio raggiunto. Così, serenamente, la donna aveva portato il proiettile con sé nella tomba. «Soffriva?» avevo chiesto al mio amico. «È molto probabile, ma a quei tempi non si dava molta importanza al dolore.»

Del resto, anche le perle non nascono forse dalla presenza di un corpo estraneo, che viene trasformato in una minuscola sfera di luce? E gran parte delle malattie che con sempre maggior accanimento ci colpiscono, non nascono dallo stesso meccanismo? Qualcosa ci ferisce, ma da questa ferita noi preferiamo distogliere lo sguardo. Dato che non sanguina e non si infetta, ce ne dimentichiamo presto e continuiamo a vivere come se nulla fosse mentre a una ferita se ne aggiunge con il tempo un'altra e un'altra ancora; soltanto quando il corpo, nella sua infinita saggezza, grida «Basta!» noi ci spaventiamo, ma a quel punto è difficile andare a ritroso, sciogliere ciò che è annodato da così tanto tempo dentro di noi. Dov'è il bandolo della matassa? Ormai siamo prigionieri di un caotico groviglio e abbiamo sempre meno tempo per sbrogliarlo.

Credo che nessun essere umano sia esente da questo processo, l'unica differenza sta nella consapevolezza. Certo, si possono sempre attribuire i propri fallimenti agli altri, ma solo puntando il faro su noi stessi possiamo renderci conto del preciso istante in cui il granello che ha fatto inceppare il meccanismo è entrato nei nostri organi.

Così, per tornare a quello schiaffo, devo risalire al 1976, ai miei diciott'anni ma prima di inoltrarmi nella mia oscurità devo invocare la *Shivasankalpa*.

Ricordi ancora questo termine? L'avevi scoperto proprio durante la tua settimana induista a Vulcano. Alle tre del pomeriggio precedente alla nostra partenza, il cielo aveva iniziato ad aprirsi e come spade luminose i raggi del sole si erano insinuati i tra i gonfi nuvoloni neri, mettendoli in fuga. Al tramonto ci eravamo seduti nel nostro piccolo giardino, mentre sul tetto della casa un passero solitario cantava con tutta la sua potenza; ti eri divertita quando ti avevo detto che era lo stesso della poesia che avevi tanto detestato imparare a memoria alle medie.

«Pensavo fosse marrone...» avevi commentato, guardandolo.

«E che magari vivesse solo a Recanati.»

Avevi sorriso.

Scomparso il grigiore opaco della pioggia, l'oro delle ginestre aveva ripreso a brillare nel paesaggio intorno insieme al rosso delle rigogliose bouganville che si arrampicavano su ogni casa, mentre la ricca fioritura degli ibischi allietava il nostro giardino, avvolta dal ronzio degli imenotteri che potevano tornare a nutrirsi del loro polline e del loro nettare. Il vulcano si stagliava finalmente davanti a noi nella sua inquietante maestosità, illuminato dal sole che stava calando, inghiottito per metà dal mare.

«*Samdhya*» ho sussurrato, lasciando che il silenzio accogliesse l'emozione del momento. Qualche grillo aveva iniziato a cantare.

«È tutto così bello adesso» avevi detto, «la luce, i fiori, il mare. La bellezza rende felici, vero?»

«Sì, molto felici.»

Per la prima volta dal giorno dell'arrivo, eravamo riusciti a cenare in giardino. Intorno a noi c'era una vera sinfonia di insetti notturni, sovrastata di tanto in tanto dal rumore dello scappamento aperto di un motorino. Non c'erano state tensioni, Elia aveva scoperto la presenza dei gechi e seguiva affascinato i loro rapidi movimenti per catturare le incaute falene svolazzanti intorno alle fonti di luce.

Dopo cena, mentre lavavo i piatti, sei comparsa in cucina con il tuo libro dei Veda, tenendo il segno di una pagina con un dito. «Ecco un'altra parola che volevo dirti: *Shivansa*... *kalpa*... no, *Shivasankalpa*.»

«*Shivakalampaka?*» avevo provato maldestramente a ripetere.

Sei scoppiata a ridere, scandendo lentamente le sillabe: «*Shi-va-san-kalpa! SHI-VA-SAN-KALPA!*».

Mi sono subito arresa. «Non credo che riuscirò mai a impararla. Cosa vorrebbe dire?»

Hai ripreso a leggere:

Elargizione della grazia. Rivolgersi a una guida invisibile perché questa vi conceda la grazia dello Spirito, perché senza questa grazia non è dato di pensare, di fare, di agire, di pregare correttamente.

Tutto ciò che esiste nel grande si riflette nel piccolo. Come nelle galassie si formano buchi neri che divorano tutto ciò che si avvicina alle loro orbite, anche nelle nostre piccole vite a volte si aprono voragini capaci di inghiottirci. Da giovani non siamo in grado di accorgercene ma, quando il tempo passa e osserviamo tutto ciò che è stato, ci rendiamo conto che la forza oscura dell'antimateria ci ha attirato nei suoi gorghi invisibili. E cos'è questa forza se non quella che, nella nostra totale inconsapevolezza, a un certo punto ha preso per mano la nostra vita e l'ha spinta verso strade sempre più impervie? Non ci accorgiamo che la via si sta restringendo, che intorno a noi si aprono burroni via via più spaventosi, perché la nostra mente e il nostro sguardo sono altrove; soltanto quando ci svegliamo da quello che sembra essere stato solo un sogno ci rendiamo conto di essere completamente soli sul ciglio di un baratro; non possiamo tornare indietro perché il sentiero tracciato è scomparso dalla nostra memoria; non possiamo chiedere aiuto perché nessuno ci sentirebbe: la solitudine assoluta è la cifra di ogni voragine.

Ci sono vite capaci di sfuggire al richiamo del buco nero?

Vite che per destino, per grazia, per fortuna risultano indenni da questo sinistro richiamo?

Chi può rispondere a questa domanda?

Probabilmente nessuno.

Però forse ciò che bolle in pentola si può intuire già dalla genealogia, da ciò che è successo prima e che, anche se lo ignoriamo, comunque determina il livello di stabilità della nostra vita.

Perché dico tutto questo a te, Ali?

Perché sei la maggiore dei miei figli, perché in qualche modo grazie alla tua relazione con Luca – «è proprio quello giusto», mi hai detto un giorno con occhi raggianti – sei già entrata nella tua vita di donna adulta, con tutte le responsabilità, i pesi e i rischi che questo comporta. E poi perché la tua genealogia, il mondo che ti ha preceduto, è esattamente l'opposto del mio. Tu sei nata non si sa dove, non si sa da chi, non si sa quando. Fin da subito la durezza è stata la cifra della tua vita. Hai aperto gli occhi e davanti a te c'era solo un campo di sassi in cui camminavi scalza.

Quando sono venuta al mondo io, di fronte a me splendeva un prato all'inglese soffice e confortevole come il più pregiato dei tappeti, mentre sulle mie spalle gravavano generazioni e generazioni di volti noti, alcuni dei quali mi osservano cupi da grandi quadri alle pareti. Appena ho iniziato a camminare, però, mi sono resa conto che quel meraviglioso prato altro non era che un modesto telo verde posato al suolo per nascondere l'asperità acuminata di un terreno carsico.

Tu, dunque, sei nata con un vuoto dietro, e con la durezza di un cammino privo di un abbraccio, di una carezza, di tutto ciò che rende un bambino felice. Io sono nata con la zavorra di una genealogia certificata da secoli. Sono frutto di una naturale routine: la famiglia prevedeva un erede, e io ero l'erede; c'era una casella vuota e il mio compito era quello di riempirla.

Comprendere che quel prato all'inglese era una pura finzione è stato il compito della prima parte della mia vita; un percorso lungo e doloroso in cui ho dovuto imparare a distinguere ciò che era vero da ciò che era falso, ciò che era importante da ciò che non lo era, mentre il tuo, di compito, è stato quello di conquistarti tutto fin da subito.

Secondo i canoni più trivialmente comuni tu, bambina abbandonata, vissuta nella spietatezza della strada, avresti dovuto essere infelice e piena di problemi mentre io, infante che aveva tutto, avrei dovuto essere sempre serena e vincente.

Invece le cose sono andate in modo esattamente opposto.

Tu sei l'immagine della serenità e io ho passato gran parte della mia vita oppressa da oscuri tormenti.

È stato proprio questo ad avermi colpito quando ho ricevuto la tua prima foto dall'orfanotrofio di Calcutta.

La solarità luminosa del tuo volto.

Per via delle lungaggini della burocrazia sono dovuti passare due anni da quella tua foto al nostro primo incontro. Durante quei due anni di sospensione sono stata tormentata da dubbi. La sera, nella penombra della camera da letto – c'è un momento *Samdhya* in tutte le coppie, di solito sono gli ultimi istanti prima del sonno, quando ci si confida le cose più delicate – chiedevo a Davide: «Ma sarà veramente così solare?».

«Perché ti tormenti inutilmente? Sarà nostra figlia, punto e basta.»

«Non sappiamo nulla di lei!»

«E chi sa mai qualcosa dei figli?»

«Sono un salto nel vuoto?»

«Sì, e quel salto nel vuoto si chiama vita.»

Soltanto quando ho scoperto su internet il significato del tuo nome la mia ansia si è un po' affievolita. *Alisha* vuole dire «anima nobile, protetta da Dio». *Nomina sunt consequentia rerum,* ripeteva spesso mio padre avvocato. Da un'anima nobile era difficile immaginare che sarebbe arrivato qualcosa di negativo. Ma subito dopo riaffiorava il vento del pessimismo. In fondo un nome cos'è? mi chiedevo. Una persona può avere un nome sublime ed essere spregevole, se non addirittura criminale. Con queste idee in mente passavo il mio tempo a setacciare le pagine della cronaca nera, alla ricerca di qualche conferma statistica di ciò che quel soffio maligno mi suggeriva. Non è raro che nomi strani, eccentrici portino con sé destini altrettanto eccentrici. Ma i nomi comuni? Quelli che appartengono a milioni e milioni di persone, come un abito di serie?

Proprio in quel periodo di folli domande mi era capitato di leggere dal parrucchiere un servizio dedicato alle future mamme. Secondo alcune teorie esoteriche, sosteneva la giornalista, non siamo noi genitori a scegliere il nome di un figlio, come crediamo, ma è un angelo che, nel sonno, si accosta all'orecchio della madre e le sussurra il nome adatto per l'anima della creatura che porta in grembo, perché il nome è una parte del destino che si deve compiere. Sul momento mi era sembrata una bizzarria come un'altra. Ogni settimana, mi dicevo, le riviste femminili hanno da riempire pagine e pagine, qualcosa si devono pure inventare.

Se era stata tua madre a darti quel nome, e ti aveva chiamata «protetta da Dio», era più che chiara la ragione. In qualche modo si trattava dell'unica «assicurazione» che poteva stipulare tra te e la vita. Però, quando poi sono diventata fisiologicamente madre anch'io, quando, una mattina, mi sono svegliata e ho detto semplicemente «Ginevra», o ancora, quando tuo padre, nello studio del ginecologo, davanti alle prime immagini dal monitor senza alcuna esitazione ha esclamato «Elia!», ho capito che qualcosa di vero c'era in ciò che avevo letto tanti anni prima.

Anche sul mio nome riverberava una luce di mistero.

Prima di me, nella mia famiglia, c'erano state lunghe serie di nomi ricercati, mai banali. La scelta del nome stava infatti a indicare la nostra innata distanza dalle persone cosiddette «normali». Avrei potuto chiamarmi Domitilla, Lucrezia, Esmeralda, o Diamante come l'amica di Ginevra, invece mia madre era riuscita a stupire tutti quando, poco prima del parto, aveva comunicato la sua decisione.

Se fosse stata femmina, sua figlia si sarebbe chiamata Chiara.

I nonni erano rimasti un po' interdetti. «Non c'è mai stata una Chiara nella nostra famiglia!» ma lei, con la radiosa fermezza della futura madre, aveva ribadito: «Bene, sarà la prima».

Mio padre non aveva commentato, ma non c'era da stupirsi. All'epoca i padri non si intromettevano nella vita dei figli, soprattutto quando erano piccoli.

Com'era venuto in mente quel nome a mia madre?

Non ne avevo la minima idea.

Nel 1958 non c'erano attrici famose né film, né canzoni in voga in cui risuonasse quel nome. Non aveva mai avuto un'amica che si chiamasse Chiara. Mi stupì la caparbietà con cui aveva difeso la sua scelta – lei, altrimenti così prona alle convenzioni – quando anni dopo me lo raccontò.

«Non lo trovi un po' ordinario?» aveva cercato di insinuare la suocera prima del parto.

«Non sarà mai ordinaria perché sarà sempre e soltanto la nostra Chiara.»

Mia madre, nella sua giovanile baldanza, non sapeva che, optando per quel nome così insolito nella sua famiglia, aveva fatto in realtà una tragica scelta. Chi è Chiara, infatti, affronta a testa bassa tutto ciò che chiaro non è.

Di questo nome, di questo piccolo e forse unico atto di coraggio, ora le sono grata. Se mi avesse chiamata Domitilla, probabilmente avrei seguito la strada che mi veniva proposta dalle tradizioni di famiglia ma, in quanto Chiara, non avevo altra scelta che andare alla ricerca della mia. Quando si parte così, senza una meta precisa, si sa solo quale direzione non si vuole prendere. Per il resto, davanti agli infiniti bivi che ci si aprono innanzi, non sappiamo mai quale scegliere perché, alla partenza, non ci hanno fornito di nessuna bussola, e non ci rimane che tentare la sorte tirando i dadi. E la sorte è cieca, come la fortuna. Può giocare a tuo favore ma può anche farti deragliare.

Inutile che ti dica, perché l'hai sempre intuito, che mia madre – tua nonna – era molto contrariata dal tuo ingresso in famiglia e dal fatto che una bambina sconosciuta, giunta da un mondo lontanissimo, entrasse con pieni diritti nell'asse genealogico e soprattutto ereditario della sua famiglia.

Quando le avevo comunicato che avevamo iniziato le pratiche per l'adozione, dato che i bambini non sembravano voler arrivare, lei aveva scosso la testa.

«Non sarebbe molto più saggio tentare con tutte quelle diavolerie *in vitro* che ormai sanno fare? Guarda tua cugina. Dopo due tentativi, è rimasta incinta. E ora ha un bambino tutto suo.»

«Davide e io preferiamo di no.»

A quella risposta aveva acceso una sigaretta e l'aveva fumata in silenzio, guardando fuori dalla finestra. Era una giornata di fitta nebbia. Appena spenta, se ne era accesa un'altra. Ero convinta che l'arrivo di un bambino in famiglia l'avrebbe resa felice, ma non era così. Mio padre invece, entrato in quel preciso momento nella stanza, non era sembrato turbato dalla notizia. Anzi, quando aveva saputo che saresti venuta dall'India, aveva approvato la scelta, ignorando gli strali che gli stava rivolgendo la moglie.

Quando sei arrivata, mia madre ha detto soltanto: «Carina... Per adesso, carina» e con le braccia rigide ti ha teso una bambola, come se fosse una dama di beneficenza in visita a qualche centro di derelitti. Tu eri talmente radiosa per quel regalo che non ti sei accorta, almeno spero, della sua algida e sprezzante distanza. E poi tu guardi sempre avanti, non c'è spazio nei tuoi pensieri per lo sterile rimuginare, per arrovellarti su ciò che poteva essere e non è, o viceversa. Oltre a ciò, tu hai ricevuto il dono più grande che si possa avere: quello di osservare ogni cosa senza mai esprimere alcun giudizio. Sei grata per tutto quanto accade e la luce della riconoscenza allontana qualsiasi pensiero ossessivo dalla tua mente.

Alla tua stessa età, io ero l'esatto contrario.

Chiara di nome, ma non di fatto.

Per iniziare a raccontare la parte della storia che ti riguarda mi trovo costretta ad azionare la moviola, come direbbe tuo padre, scrollandomi quarantun anni dalle spalle e, dai miei attuali cinquantanove, scendere a diciotto.

1976. Quarto anno di liceo scientifico, naturalmente il migliore della città. Sono una studentessa senza infamia e senza lode, vado avanti in una silenziosa mediocrità. Non ho grandi passioni, non pratico uno sport, non ho una compagnia di riferimento. Le rare volte che mi capita di vedermi riflessa in uno specchio, resto avvilita dalla mia inconsistente banalità.

Non do fastidio a nessuno e nessuno dà fastidio a me. Leggere romanzi e immaginare vite diverse dalla mia è il mio unico conforto.

Sai cosa vuol dire, anche, il 1976?

Niente computer, niente smartphone, niente social, niente selfie, niente di niente. Il mondo in cui vivevo non era molto diverso da quello in cui erano vissuti i miei nonni. Distrazioni poche, tempo per rimuginare sul proprio destino molto, anzi moltissimo. Leggevo soprattutto poesie. Una in particolare, di Quasimodo, sembrava descrivesse perfettamente la mia condizione esistenziale di allora.

Ognuno sta solo sul cuor della terra,
trafitto da un raggio di sole:
ed è subito sera.

* * *

Oggi ho fatto una lunga passeggiata. Dopo tante ore passate a scriverti, avevo bisogno di sgranchirmi le gambe e di respirare a pieni polmoni l'aria ghiacciata dell'inverno. Sono tornata con una gran fame e mi sono preparata un bel panino unto e farcito come quelli che divorano i personaggi delle serie americane.

Ah, la gioia di non accendere i fornelli, Ali!

Ricordi il rito della cena/non cena di quando eravate piccoli? Avevamo stabilito che, quando ero troppo stanca per cucinare, si potesse aprire il frigo e mangiare ogni tipo di cibo già pronto. Fosse stato per me, l'avremmo fatto una volta alla settimana ma vostro padre, dall'alto della sua sapienza medica, aveva imposto un ritmo più blando. Avevamo dedicato una parte della dispensa e del frigo proprio a questo rito. Quando, di tanto in tanto, mi accompagnavate al supermercato, andavate in fibrillazione davanti ai cibi più immondi e insistevate che li mettessi nel carrello in vista della cena/non cena che nel frattempo, su suggerimento di Ginevra, si era trasformata in «cena maiala». I fritti la facevano da padroni: dalle patatine, ai supplì, ai bastoncini di pesce – tutti naturalmente precotti e surgelati – a cui seguivano le pizze con ogni tipo di farcitura per concludere immancabilmente con una bella serie di tiramisù, profiteroles e mousse al cioccolato. Di solito era vostro padre, come fosse il sacerdote di un rito pagano, ad alzarsi in piedi e sancire lo stop.

«Adesso basta» diceva con voce tonante, «ci siamo intossicati per almeno un paio di settimane» e voi ridevate con la cioccolata ancora in bocca. «E se non smettete» minacciava, «domani misuro a tutti il colesterolo!»

Spero che anche tu, quando avrai una famiglia, farai le «cene maiale» con i tuoi figli, perché l'allegria e la spensieratezza dello stare insieme sono un ottimo antidoto contro la cappa di pesantezza che inevitabilmente la vita deposita sui nostri giorni.

Ma adesso, dopo aver evocato i nostri ignobili banchetti, devo cambiare completamente registro e invocare *Shivasankalpa*, l'amico invisibile capace di accompagnarmi con mano salda nella parte più oscura della mia esistenza.

Da bambini si è convinti dell'assoluta perfezione dei propri genitori, e se manifestamente perfetti non sono ci si arrampica sugli specchi per continuare a vederli come tali. Penso si tratti di una legge di natura impressa nei nostri geni. Non è forse così per ogni animale a sangue caldo? Il cucciolo, il pulcino nascono inermi e tali rimangono piuttosto a lungo in un mondo pieno di pericoli. A chi possono guardare con assoluta fiducia se non alla creatura che li ha messi al mondo e che ha già percorso quella strada?

Noi non siamo molto diversi da un gattino o da un cagnolino, solo che, purtroppo, siamo umani e, oltre a quella dell'istinto, infinite sono le strade che si aprono davanti a noi. Alcune sono percorsi di vita mentre altre no ma quando siamo piccoli non possiamo saperlo, così come non possiamo sapere che anche nostro padre e nostra madre, un giorno, si sono trovati nella stessa condizione. Erano bambini e cercavano un esempio; non avendolo trovato, sono diventati comunque adulti ma dietro le loro mani apparentemente salde, dietro le loro parole apparentemente vere, era sempre in agguato la minacciosa ombra della fragilità.

Tu mi consideri una donna sicura di sé, la professoressa di biologia innamorata della sua materia e dei suoi allievi, la moglie di un uomo altrettanto forte, appassionato dei suoi piccoli pazienti. Invece, come già ti ho scritto, ero una ragazza fragile. Quella fragilità per me altro non era che un confortevole bozzolo, non sapevo che esistono insetti capaci di perforare il suo spessore con un aculeo e divorarti lentamente da viva e così, quando me ne sono accorta, era ormai troppo tardi per riuscire a mettermi in salvo.

Ma torniamo al 1976.

La storia non ti ha mai appassionata e sono quasi certa che nei tuoi libri di testo, ammesso che tu li abbia aperti, non sei mai arrivata più in là della Seconda guerra mondiale ma, per capire le storie delle persone, un po' di Storia con la S maiuscola ci vuole.

Quando ho iniziato ad affacciarmi all'adolescenza, molto era già avvenuto: c'era stata la grande festa del Sessantotto, la ribellione verso ogni forma di ordine, verso qualsiasi tradizione consolidata; ma l'ebbrezza liberatoria di quella festa era ormai finita lasciandosi dietro tragici strascichi di malcontento che erano sfociati poi nei cupi anni del terrorismo. Il nostro Paese si era trasformato in un sanguinoso campo di battaglia in cui feroci nemici sconosciuti uccidevano persone inermi, colpevoli soltanto di essere «nemici del popolo».

Nel 1976, il culmine di quegli anni terribili stava per essere raggiunto.

Davanti a noi si sarebbe poi aperta, con gli edonistici Ottanta, una dimensione della Storia di cui non eravamo assolutamente consapevoli, l'invisibile *tapis roulant* che ci avrebbe condotto ai nostri giorni si era messo in moto. Andavamo avanti ma, dato che venivamo trasportati senza muovere un passo, eravamo convinti di stare fermi. Il nostro sguardo sarebbe rimasto fisso al passato e i Settanta sarebbero rimasti lì, nella memoria, come il salone ormai vuoto in cui si era svolta una grande festa: sotto la luce intermittente di una lampadina pendeva ancora qualche festone, rischiarando tavoli disseminati di bottiglie vuote, bicchieri di carta, salviette sporche, noccioli di olive sputati, tartine sbocconcellate e ciotole con patatine ormai ammosciate. Per chi non aveva partecipato al grande party non rimaneva altro che spiluccare da quegli avanzi, tutta roba scadente e andata a male ma che comunque permetteva di dire: «Io c'ero, in quel posto ci sono stato». Ci voleva un certo stomaco, certo, e chi non ce l'aveva tirava dritto.

Una realtà molto più promettente, infatti, si sarebbe presto aperta davanti a noi. Il mondo dei soldi facili, delle marche per cui tu non vali più per quello che sei e che fai, ma per come ti vesti, perché quello che hai addosso ha un nome scritto sopra, e quel nome ha un prezzo; dunque ti trasformi – questo lo avremmo imparato ben presto – nella somma dei prezzi degli abiti che puoi permetterti.

Di fronte agli abiti di marca, alle costose scarpe americane, io rimanevo totalmente indifferente. Se li avessi desiderati, i miei genitori mi avrebbero di certo accontentata; anzi, in qualche modo, speravano che lo facessi, così che potessi manifestare il mio e loro status sociale, ma io non ero molto attenta al mio aspetto, né avevo – come ti ho già detto – un gruppo fisso di amici di cui ricevere il plauso. Se l'abito fa il monaco, come si usa dire per definire l'appartenenza, io ero un monaco senza monastero.

Appartenevo alla mia solitudine e questo era tutto.

La maggior parte dei miei compagni continuava comunque a trovare sempre nuovi motivi di contestazione, anche se più distrattamente, con un orecchio sì e un orecchio no. Gli scioperi a ridosso del fine settimana erano molto frequentati, così come le assemblee: ottime occasioni per mescolarsi con le altre classi e iniziare nuove, promettenti relazioni.

Anch'io mi univo acriticamente a questo flusso, partecipando alle proteste, indignandomi di fronte alle ingiustizie, ma non mi passava per l'anticamera della mente l'idea di entrare a far parte del gruppetto dei rivoluzionari più impegnati. Non erano più di una trentina, in maggioranza maschi, accanto a loro apparivano a volte anche delle studentesse ma si trattava quasi sempre di meteore, guardate con una certa segreta invidia dall'anonima massa delle goffe, delle incerte, di tutte quelle ragazze che non sarebbero state in grado di mettersi in mostra in alcun modo.

I capi dei rivoluzionari rossi erano maschi alfa, quelli di cui tutte noi ambivamo almeno uno sguardo. C'erano certo anche i maschi alfa di segno opposto, i fasci, o i figli delle famiglie più benestanti che magari avevano già l'ultimo modello di motorino se non addirittura la prima macchina, quelli dal guardaroba sterminato e dalle vacanze trascorse sempre in luoghi iper-esclusivi, ma per inserirsi nel loro giro dovevi condividere i loro valori e i loro standard di vita, solo le gattemorte potevano avere la strada spianata davanti a loro. Erano due mondi opposti, in perenne competizione tra loro e io, pur non essendo una pasionaria, dovendo scegliere tra l'arroganza dei soldi esibiti e la nobiltà dell'ideale egalitario, avevo scelto il secondo.

Il capo indiscusso degli studenti di sinistra si chiamava Cesare, stava seduto sulla vetta della piramide maschile: una semplice sua frase era capace di stravolgere la vita di una ragazza per giorni, suscitando speranze che venivano poi regolarmente deluse.

Cesare e io ci conoscevamo fin da bambini, i nostri genitori si frequentavano da sempre. Avevamo la stessa età ma lui, dato che era molto brillante e i suoi molto ambiziosi, era andato a scuola un anno prima di me, dunque frequentava già l'ultimo anno del liceo. In nome della nostra infantile consuetudine, ogni tanto mi degnava di uno sguardo, di un distratto «Ciao», ma niente di più.

Per questo, quando nell'aprile del 1976, mentre stavo seduta in cortile durante l'intervallo con un libro in mano e lui si è accomodato accanto a me, ho avuto un piccolo moto di sorpresa.

«Cosa leggi?» mi ha chiesto.

Gli ho mostrato la copertina. «Poesia.»

«Amo anch'io la poesia.»

«Non è tanto da rivoluzionari.»

«Mica è detto.»

È rimasto un po' in silenzio, fissandomi. I suoi occhi erano verdi e, in fondo al verde, brillavano delle pagliuzze dorate. D'un tratto ho avuto un flash: una festa di carnevale della mia infanzia, avevo un vestito da fata azzurro di *crêpe* leggero, una mantellina trapunta di stelle sulle spalle, il cappello a cono e una bacchetta magica in mano. Intorno a me era pieno di bambini urlanti e io, al solito, me ne stavo rannicchiata in un angolo. A un certo punto, sudato e ansimante, mi si era parato davanti Zorro puntandomi il suo fioretto di plastica contro la pancia: «Sei la mia fata!». I nostri sguardi si erano incrociati e dietro la mascherina di cartone avevo intravisto due laghetti verdi screziati da schegge dorate. Non avevo fatto neppure in tempo ad alzare la mia bacchetta magica che lui si era girato e aveva iniziato a duellare con un pirata. Erano gli stessi occhi che ora mi stavano fissando, in quel cortile.

Al suono della campanella, Cesare mi ha preso delicatamente il libro dalle mani, ne ha letto il titolo, *Ossi di seppia*, e me lo ha restituito, alzandosi.

«Dovresti leggere Majakovskij!»

Da quel giorno ha iniziato a ronzarmi intorno sempre più spesso. Io ero combattuta tra due sentimenti, da un lato l'imbarazzo per un rapporto che non immaginavo di dover gestire, dall'altro un filo sottile di orgoglio perché tra tutte lui, Cesare, l'impossibile, l'irraggiungibile, aveva scelto me, la più anonima e silenziosa delle ragazze.

«Sei innamorata?» mi ha chiesto un giorno la mia compagna di banco e io non ho saputo cosa risponderle. Quali erano i segni, i sintomi di questa condizione?

«Dai, lui è cotto di te!» ha continuato, dandomi una gomitata.

«Cotto?»

«Non te ne sei accorta? Ti segue come un cagnolino.»

In realtà ci vedevamo durante l'intervallo e parlavamo di letteratura. Qualche volta mi accompagnava a casa, discutendo con furore di politica. Più che amore, mi sembrava un'amicizia speciale e gliene ero grata. In quei momenti, la sua presenza accanto a me somigliava in qualche modo al raggio di sole della mia amata poesia di Quasimodo. Qualcuno scalfiva la mia solitudine e questo era già un grande dono.

Capisco, Ali, che per te, cresciuta nella rumorosa comunità dell'orfanotrofio di Calcutta, tutte queste complicazioni possano sembrare astruse, incomprensibili e forse anche terribilmente noiose. Ma come se si vuole catturare un animale bisogna essere in grado di seguire le sue tracce, così se si desidera comprendere il punto zero di una persona – il punto di assoluta fragilità – bisogna andare a ritroso fino al momento in cui questa frattura è stata creata. Pensa dunque ai rumori, ai colori, alle voci della tua India e pensa poi a una grande casa cupa, zeppa di mobili massicci, circondata da una fitta nebbia. La casa dove sono nata. Pensa poi a una coppia, i miei genitori, immersa in una continua contemplazione del proprio reciproco amore, un amore folle che li univa e che generava intorno a loro un recinto nel quale nessun altro poteva entrare.

Si dice che genitori in contrasto tra loro causino

danni importanti all'equilibrio dei figli, ma non si ammette mai che un padre e una madre innamorati in modo esclusivo siano in grado di provocarne anche di più grandi: tu esisti grazie a loro, ma sei fuori da quel cerchio di luce; per un po' tenti di entrarci ma quando capisci che non ci sono porte né parole magiche in grado di farti accedere, ti rassegni a sopravvivere nell'ombra senza dare fastidio mentre, nel silenzio della casa, senti il senso di colpa che divora il tuo cuore con la voracità di un bruco affamato.

Quell'anno avevo goduto della compagnia di Cesare per tutta la primavera. Ci scambiavamo in continuazione i libri, le emozioni, i pensieri che quelle letture avevano scatenato in noi. Era stato proprio per restituirmi un libro che un giorno di luglio, dopo aver superato la maturità, era venuto a trovarmi a casa.

«Ho la moto qui sotto. Perché non facciamo una scappata ai lidi?»

Ero salita titubante dietro di lui, non sapendo dove reggermi, mi sentivo goffa.

«Stringiti forte, che ora decolliamo!» mi aveva gridato e dando gas al massimo aveva imboccato un rettilineo. Le mie braccia circondavano il suo corpo prima con pudica timidezza ma dopo un po', inebriata dalla velocità e dall'aria, con sempre maggior vigore. Sentendo poi il suo respiro e il battito del suo cuore sotto le mie mani a un tratto avevo capito che un grande cambiamento aveva fatto irruzione nella mia vita.

Abbiamo passato il mese d'agosto sempre in giro per l'Italia, con la sua moto fiammante e la tenda. Ai miei avevo detto che sarei andata a fare un viaggio con un gruppo di amici e loro ci avevano creduto, o avevano fatto finta di crederci. Nelle città di provincia le voci corrono veloci, sicuramente sapevano che mi vedevo con Cesare ma essendo figlio di amici apparteneva, come diceva sempre mia madre, al nostro stesso ambiente, e questo li tranquillizzava. E poi, comunque, Cesare era maggiorenne.

In quel mese, il muro che sentivo da sempre dentro di me aveva iniziato a sbriciolarsi e il piccone che l'aveva abbattuto era Cesare. Lui era brillante, simpatico, imprevedibile. Mi aveva guardato e mi aveva visto. Esistevo dunque, e questa esistenza era racchiusa nella reciprocità dei nostri sguardi.

Del resto, non è la luce che emana dagli occhi a parlare dell'intensità dei nostri sentimenti? Quando hai portato a casa Luca la prima volta, ho scorto i vostri sguardi specchiarsi l'uno nell'altro, illuminandovi a vicenda. Ecco perché quando mi hai sussurrato «è proprio quello giusto» ho capito che era vero. Quell'estate, Cesare e io ci trovavamo nella stessa condizione. Solo che io ero così inesperta, giovane, così fuori dal mondo da essere convinta che quel fuoco, una volta acceso, sarebbe arso per sempre.

A ottobre lui avrebbe iniziato l'università a Bologna. In contrasto con la sua famiglia che lo voleva avvocato, si era iscritto al Dams, una facoltà aperta da pochi anni e che riteneva più adatta al suo carattere creativo, mentre io sarei tornata sui banchi del liceo.

È difficile per voi comprendere come erano complesse le relazioni d'amore a distanza in un mondo come il nostro, privo di cellulari. Ora le comunicazioni avvengono in tempo reale – ci si dichiara o ci si lascia con un semplice WhatsApp – ma c'era un tempo in cui i telefoni stavano attaccati ai muri, per strada si poteva chiamare dalle cabine telefoniche – quelle scatole trasparenti che forse avrai visto in qualche film – ma avevi bisogno di gettoni, e ogni gettone aveva una durata limitata. Se non volevi interrompere la conversazione sul più bello, te ne dovevi procurare un sacchetto. Le distanze erano vere distanze e se uno dei due voleva aumentarle, non aveva nessun problema a farlo. L'attesa spasmodica di uno squillo era la dimensione in cui eravamo costretti a vivere.

Mi chiama?

Non mi chiama?

E perché non mi chiama?

Un sabato di ottobre ero andata a trovarlo. Viveva in un piccolo appartamento all'ultimo piano di un palazzo con sotto i portici e mi ero fermata a dormire da lui. Lì, in quella mansarda in una città sconosciuta, la magia della nostra estate vagabonda era di colpo scomparsa. Cesare sembrava proiettato in un nuovo mondo e io in qualche modo ero una zavorra che apparteneva al vecchio. Non erano state le parole a dirlo, ma la luce del suo sguardo al risveglio.

Domenica sera mi aveva accompagnata al treno. Prima di salire, gli avevo fatto la più stupida delle domande: «Mi ami?».

«Certo» aveva risposto, ma la sua voce era quella di un assicuratore che chiude un contratto.

Avevamo fissato degli appuntamenti telefonici e lui li aveva mancati quasi tutti. A quelle assenze cercavo di dare una spiegazione ragionevole: gli impegni nello studio, qualche assemblea improvvisa. La convinzione che l'amore fosse un patto a due che non comprendeva il tradimento non mi rendeva molto diversa da un marinaio che scopre una falla nello scafo e cerca di tapparla con fazzoletto da naso.

Andando a scuola, allungavo sempre la strada per passare sotto casa sua sperando di vederlo o di incrociare qualcuno della sua famiglia che potesse darmi notizie. Ero accecata d'amore, sempre pronta a trovare delle giustificazioni per le sue mancanze. Ma la falla comunque c'era, il rendimento scolastico e il mio umore mi parlavano di questa mia nuova fragilità.

E non solo.

Anche il mio corpo stava iniziando a comunicarmi un qualche tipo di cambiamento. Era suggestione o realtà? Mi sono confidata con l'unica quasi amica che avevo al liceo e insieme siamo andate a comprare il test in farmacia, poi, chiusa nel bagno di casa, ho aspettato il risultato.

Positivo.

Mi sono sentita come se mi avessero sparato con un cannone nello spazio. Non sapevo cosa pensare.

Era una notizia bellissima o un incubo? O entrambe le cose? Anche se sapevo benissimo come nascessero i bambini, non mi era mai passato per la mente che potesse succedere a me.

La mattina dopo, prima di andare a scuola, ho chiamato Cesare da una cabina. Mi ha risposto la segreteria telefonica, l'ho richiamato all'uscita. C'era sempre la segreteria. Allora gli ho lasciato un messaggio. La sua risposta è arrivata tre giorni dopo, a casa mia.

«Scusa, ero molto occupato.»

«Ho una cosa importante da dirti. Devo vederti.»

Non ha voluto che lo raggiungessi a Bologna. Ci siamo dati appuntamento una settimana dopo a Ferrara, per una passeggiata sulle mura.

«Aspetto un bambino» gli ho detto appena l'ho visto, senza preamboli.

«Ah...» mi ha risposto.

Ed è stato tutto.

Negli anni seguenti sono tornata spesso su quell'«Ah...», detto come se avesse ricevuto una multa o un voto d'esame diverso da quello che sperava; e più tornavo su quell'«Ah...», più mi rendevo conto che ben altre erano le parole che la parte più segreta di me si era aspettata di sentire. Troppi film sentimentali? Troppi romanzi? Troppa falsa retorica?

«Non ti preoccupare» ha detto, dopo un po'. «Ti aiuto io a risolvere il problema.»

E così è stato.

Dopo venti giorni sono andata a Bologna e ho fatto l'intervento. L'aborto a quei tempi era ancora vietato ma Cesare aveva trovato un medico compiacente amico di suo padre che, dietro lauto compenso, aveva accettato di ricoverarmi in una clinica privata. Il giorno dopo è venuto a prendermi in taxi. Ho dormito da lui e la mattina seguente sono tornata in treno a Ferrara.

«Come sei pallida» ha commentato mia madre appena sono rientrata a casa simulando un raffreddamento.

«Bologna è più fredda di Ferrara» e mi sono chiusa in camera.

Le vacanze di Natale erano imminenti. Passavo il mio tempo china sui libri per non perdere neppure una possibile chiamata di Cesare, ma il telefono restava muto nella penombra della casa. Sono entrata in una sorta di ibernazione interiore. Da lì a pochi mesi avrei sostenuto l'esame di maturità e lo studio era diventato la ghiacciaia in cui mi rinchiudevo. Nulla mi interessava di quello che studiavo, desideravo una sola cosa: tenere lontano qualsiasi altro pensiero.

L'ho incontrato per caso in città, a primavera inoltrata.

È stato molto gentile: «Ci prendiamo un gelato?» mi ha chiesto. Seduti al tavolino, mi ha parlato con grande passione dei suoi studi e di tutte le strade che prevedeva gli si sarebbero aperte davanti. I nostri occhi non si riflettevano più gli uni negli altri, mi ero trasformata in un paio d'orecchie in grado solo di ascoltare. Avrei voluto dirgli: non mi hai mai chiamato, non ti sei più fatto vivo, ma quelle parole sono rimaste ferme in gola come sassi.

«E tu?» mi ha chiesto, prendendo già lo scontrino in mano.

«Studio.»

«Progetti per l'anno prossimo?»

«Nessuno.»

Prima di lasciarci, mi ha abbracciato come un vecchio amico.

«Comunque sei una ragazza in gamba, te la caverai» poi si è allontanato con la sua camminata elastica che conoscevo così bene.

Quell'incontro era riuscito a scheggiare il blocco di ghiaccio in cui vivevo e da quella fessura si era insinuato, prepotente, il bisogno di essere amata e, al tempo stesso, la certezza che lui mi aveva escluso per sempre dalla sua vita. Per Cesare ero stata solo l'avventura di un'estate che si prospettava altrimenti noiosa, mentre per me lui era stato la possibilità di esistere in un'altra dimensione, quella di un amore totale.

Che ingenua! Ero talmente innamorata da non aver preso neppure in considerazione l'idea di poter essere stata una delle tante, una da poter cambiare come si volta la pagina di una rivista.

Non pensavo mai a quello che era successo in quel periodo. Le rare volte che riaffiorava qualche frammento, subito lo archiviavo nel cassetto delle cose risolte. C'era stato un problema, un problema importante, capace di rovinare le nostre vite, e ora non c'era più. Mi aggrappavo all'efficienza e alla premurosità che Cesare aveva dimostrato verso di me in quei giorni come un naufrago che si aggrappa all'ultimo legno della chiglia. Avevamo risolto il problema insieme, mi ripetevo. Se non mi avesse amato, mi avrebbe semplicemente detto «Arrangiati!» come facevano molti altri.

Si discuteva molto in quegli anni della legalizzazione dell'aborto, che sarebbe poi stata approvata due anni dopo. Volevamo essere finalmente libere di decidere, come lo erano i maschi. Avere il pancione non doveva più essere un obbligo ma una scelta. Se si fosse presentato il «problema», finalmente esisteva un modo per risolverlo.

Così ho aspettato che quella crepa nel ghiaccio si richiudesse e mi sono rifugiata nei libri. Alla maturità ho ottenuto il voto più alto, con l'aggiunta della lode. Mia madre, pur non avendo mai insegnato, era laureata in Lettere, mio padre era un principe del foro. Silenziosamente ma non troppo, mi spingevano in quelle direzioni. Con un posto fisso da insegnante sarei stata una moglie perfetta. Se invece la mia natura fosse stata quella della zitella e il talento quello di mio padre, avrei potuto trasformarmi in una crudele regina del foro.

Quell'estate avevo deciso di trascorrere le vacanze nella nostra casa in montagna, con grande sorpresa dei miei. Non avevamo molte cose da dirci, né passavamo molto tempo insieme. Partivo la mattina con lo zaino in spalla e stavo via tutto il giorno tra le vette e i boschi per tornare in contatto con me stessa. Portavo spesso un libro di poesia con me. Avevo bisogno di bellezza, avevo bisogno che il mondo mi mostrasse nuovamente una strada degna di venir intrapresa.

Prima di tornare a Ferrara avevo comunicato ai miei che avrei studiato Biologia. Un silenzio era sceso sulla tavola.

«Biologia?» aveva ripetuto mio padre. «Come mai?»

«Mi interessa.»

«E cosa potrai mai fare con una laurea così?» era stato il commento di mia madre.

«Tante cose, credo...»

«Credi» aveva concluso con un certo sarcasmo nella voce. «Tu credi tante cose...»

Ma come, ti chiederai meravigliata a questo punto, ho dovuto leggere così tante pagine per arrivare a una rivelazione così banale? In fondo ormai l'aborto è talmente diffuso da non venir considerato molto diverso, a livello medico, dal fastidio di togliersi un dente. Sono state proprio queste le parole, ricordi?, che ha usato Ginevra un giorno a tavola, raccontandoci di una sua amica che ci era appena passata.

Ormai tutto è facile, si può e si fa. Nessuno pensa che, dietro quel «problema» risolto in modo così indolore, si celi qualcosa di estremamente più complesso e legato a doppio filo al destino di ogni uomo.

Se ho scritto prima a te che a Ginevra, non è solo perché sei la più grande ma perché tu sei entrata nella mia vita come un raggio di luce e di allegria e, soprattutto, perché tua madre non ha risolto il «problema». Immagino che per lei le traversie e le difficoltà legate a questa condizione siano state immensamente più gravi della mia e di quelle della compagna di scuola di Ginevra.

Spesso, osservando il tuo volto mutare negli anni, ho cercato di immaginare il suo. Mi sono chiesta se fosse molto giovane o se semplicemente avesse già troppi figli da sfamare, oppure forse non voleva ricordare un uomo o un ragazzo che si rifletteva nei lineamenti del tuo viso; potevi anche essere uno di quei bambini che di frequente si perdono nel caos delle megalopoli indiane; o, ancora più tristemente, il tuo essere nata femmina in un povero mondo patriarcale aveva segnato l'inevitabile abbandono per la strada.

Come tutti i genitori adottivi, temevo il momento in cui queste domande sarebbero uscite dalla tua bocca. Soprattutto, con l'avvicinarsi dell'adolescenza ti osservavo e mi chiedevo: quell'espressione, quel sospiro, quel gesto non nasconderà qualcosa di pericoloso?

Mi confidavo con tuo padre nell'ora *Samdhya* delle coppie. Lui, nella sua qualità di pediatra, aveva visto crescere molti più bambini di me. «Ali è come un ruscello di montagna» mi ha detto una volta. «La sua acqua scorre dall'alto verso il basso. Impossibile che ristagni in qualche luogo.»

Malgrado ciò, poco prima della crisi in cui avevi preteso di sapere chi fossi davvero, sono venuta nella tua camera e mi sono seduta sul letto. Stavi studiando e mi era difficile trovare le parole per iniziare il discorso. Nei mesi precedenti mi ero cimentata con delle ricette di cucina indiana scoperte su internet che non avevano avuto molto successo. «A me piacciono le lasagne, mamma» avevi detto, suscitando l'immediato plauso di tutta la famiglia.

Così, con tono fintamente leggero, ho esordito: «Pensi che un giorno avrai nostalgia dell'India?».

«Vuoi sapere se desidero tornarci?» e subito dopo, dritta come una fucilata: «Cioè, vuoi sapere se voglio cercare mia madre?».

«Be', sarebbe una cosa normale, non credi?»

Sei venuta allora a sederti accanto a me sul letto, la schiena contro il muro e i pugni sulle tempie nella tua tipica postura di ragionamento.

«Ci ho pensato tante volte, sai. Ogni tanto la risposta era sì, altre volte no, altre ancora non so.»

«E allora?»

«Allora un giorno ho pensato che lei è comunque dentro di me. Lei sono io. Se mi guardo nello specchio mi sembra quasi di conoscerla. Ma se invece andassi in India a cercarla tra milioni di persone, incontrerei solo sofferenza. La mia vita ormai è qui, anche se parte di me ricorda sempre il luogo da cui vengo. E in qualche modo» hai aggiunto, recuperando il sorriso, «io sono molto fortunata perché ho due mamme. Una che mi ha fatto nascere e l'altra che cucina le lasagne.»

Fuori ormai era buio, ti sei alzata e ti sei affacciata alla finestra. «Non posso sapere se mi aveva voluto comunque o se era troppo povera per liberarsi di me, ma sai cosa faccio ogni sera? Vengo qui e guardando fuori dalla finestra, unisco le mani e la ringrazio di esserci stata. Se lei non ci fosse, io non sarei qui.»

In quel silenzio sospeso ci siamo abbracciate a lungo.

«Anch'io la ringrazio dal profondo del cuore. Chi altri mai potrebbe divorare una teglia di lasagne senza mettere su neppure un etto?»

Esiste un amico invisibile che ci accompagna nel corso della vita?

Ai miei tempi non si parlava mai di queste cose, e nella mia famiglia poi men che meno, eppure ora che ho una lunga parte della vita alle spalle comincio a farmi delle domande.

Perché, a un certo punto, compi una scelta piuttosto che un'altra?

Tra cento persone, ne vedi una sola?

Tra migliaia di bambini da adottare, ti arriva proprio quello?

Il caso, per sua stessa natura, dovrebbe spingere gli eventi in una direzione casuale, cioè priva di qualsiasi legame con l'ordine eppure, con il passare degli anni, piano piano inizi a renderti conto che era proprio *quella* la persona che dovevi incontrare, che *quella* scelta che al momento ti sembrava così folle, in realtà aveva un senso, ed era un senso giusto per te.

Non avevo la minima idea del perché quel giorno a tavola con i miei genitori avessi detto «Biologia!» con tanta sicurezza. Fino ad allora i miei interessi erano stati totalmente letterari. Sebbene andassi bene nelle materie scientifiche, non avevo mai avuto un'inclinazione particolare per lo studio del vivente. Anzi, l'idea di maneggiare delle provette o magari anche dei fluidi organici mi provocava un certo disagio. Eppure avevo aperto la bocca ed esclamato «Biologia!» come se non desiderassi fare altro da anni.

La prima risposta che mi sono data è stata di ordine psicologico. Quella scelta era un'evidente ribellione al mondo della mia famiglia, a ciò che non ero e che non volevo essere. Il primo anno, non lo nego, sono stata sul punto di mollare, c'erano esami che mi sembravano ostili come una parete dell'Everest. Analisi matematica, Chimica organica, Fisica, Chimica inorganica. Ma quella mia ossessiva immersione nello studio non era altro, ancora una volta, che una sorta di anestetica cura. Andavo a lezione e tornavo a casa a studiare, così tutti i giorni, senza una distrazione. Non avevo amici, non avevo ammiratori, almeno a quanto sapessi; con la soluzione del «problema» avevo messo una pietra sulla mia vita sentimentale. Ogni tanto percepivo salire, all'interno del mio corpo, un vento gelido, lo stesso vento che ti investe all'imboccatura di una grotta: c'era una cavità là dentro, e quella cavità era vuota; se ci fosse stato qualcosa, avrebbe emanato calore ma, dato che non c'era, da lì spirava l'alito di ghiaccio delle profondità ipogee.

Se qualcuno fosse comparso davanti a me con una sfera di cristallo e mi avesse detto: «Ti sposerai e avrai dei figli», avrei riso con l'amarezza di chi si sente preso in giro. L'orizzonte che vedevo davanti a me era quello della studiosa decisa a sacrificare la sua vita privata sull'altare della scienza.

Se nei primi due anni lo studio della biologia non era altro che una maschera che avevo deciso di indossare per nascondere la mia sofferenza, nel corso del terzo anno però, indagando sulle basi fisiche e chimiche della vita, le cose avevano iniziato a cambiare. Biologia è un termine composto da due parole di etimologia greca: *bìos* e *lògos*, vita e parola. Più mi inoltravo nel mistero di quei concetti, più iniziavo a nutrire un sentimento che non avevo mai provato prima.

Lo stupore.

Ero ormai in grado di decifrare la complessità del vivente – ciò che fa di una pianta una pianta, di un gatto un gatto, di un uomo un uomo – e quella complessità faceva sorgere in me delle domande. Ma quando non trovavo risposte, invece di provare rabbia o frustrazione, ero invasa da un senso di meraviglia. Invece del nulla qualcosa esiste, mi dicevo, e questo qualcosa commuove per la perfezione delle sue leggi.

Proprio nella primavera del terzo anno ho iniziato a uscire di casa e ad accorgermi delle cose più semplici: le gemme che si gonfiavano sui rami, l'affacciarsi delle prime tenere foglie, i canti degli uccelli che, con la loro varietà, facevano dimenticare il gelido silenzio dell'inverno.

Qual è il senso di tutto? mi chiedevo.

Chimica, fisica, matematica, e poi?

Perché il prodotto di quelle leggi, a un tratto, faceva vibrare il mio cuore?

Se, per oppormi alla mia famiglia, avessi scelto Architettura o Statistica, sarebbe stata la stessa cosa? Sarebbe avvenuto ugualmente il disgelo nel mio cuore? O avrei vissuto per sempre prigioniera della mia implacabile capacità di analisi? Ogni cosa nella sua giusta casella! Nessuno spazio per pericolose deviazioni del percorso!

Se quella decisione così imprevista fosse stata suggerita durante il sonno dallo stesso angelo che, vent'anni prima, aveva sussurrato il mio nome a mia madre? Non era stata forse un'incursione del *Shivasankalpa*? La guida invisibile mi aveva concesso la grazia dello Spirito affinché io comprendessi la direzione in cui incamminarmi? Non accade forse questo molte volte nella vita? Quanto dipende il destino che ci costruiamo dalla nostra capacità di ascolto di questi misteriosi sussurri notturni? Non c'è un sottilissimo filo di seta che lega tra di loro le vite destinate all'incontro? Certo, negli inevitabili momenti di oscurità può capitare di pensare che quel filo invisibile, più che da un angelo, sia tessuto da un ragno per prepararci la sua trappola mortale. Ma alla fine sai cosa penso? Che bisogna accettare la nostra fragilità, il nostro essere comunque sospesi tra la luce e l'ombra.

In ogni caso, se non avessi intrapreso questi studi, non solo il mio cuore sarebbe rimasto arido ma non avrei neppure incontrato Davide, tuo padre. E se non lo avessi incontrato, tu non saresti qui, vivresti ancora in India o forse saresti stata adottata in qualche altra parte del mondo.

Potrà sembrarti ridicolo o patetico ma non ho mai confessato a Davide il «problema» risolto con Cesare. Sapeva, certo, che qualcuno c'era stato – non eravamo più ragazzi – ma di quella voragine, di quel buco nero che silenziosamente continuava a vorticare in me, non gli ho mai detto una parola.

Dopo il nostro matrimonio abbiamo tentato per diversi anni di avere un figlio. Apparentemente, sostenevano i medici, non c'era niente che non funzionasse. In realtà, dopo aver risolto il «problema», avevo avuto un'annessite, un'infezione silente che si era manifestata molto tardi e che aveva lasciato dietro di sé un'infiammazione capace di influire sulla fertilità. Oltre a questo fatto apparentemente tecnico e sepolto ormai nella memoria del tempo, ce n'era uno di altra natura, di cui solo ora forse mi rendo conto. Non sono cresciuta in una famiglia religiosa, il senso di colpa o l'idea che nella vita umana sia presente comunque una realtà inafferrabile che si chiama «anima» non faceva parte del mio bagaglio personale né del mio immaginario. Ero davvero convinta a quel tempo di aver risolto la seccatura nel miglior modo possibile.

Invece, probabilmente, quella prolungata e misteriosa sterilità era legata a una frase relegata da anni nella mia memoria. Quando avevo aperto gli occhi in quella clinica, dopo l'intervento, il dottore mi aveva detto: «Ho impiegato molto più tempo del solito perché non voleva andarsene». Ancora instupidita dall'anestesia, avevo chiuso gli occhi e mi ero addormentata. Ma quella frase doveva essere rimasta sepolta in qualche meandro del mio cervello e ogni tanto, nello stato di *Samdhya*, risaliva a livello della consapevolezza, dove subito facevo scendere su di lei il pesante drappo dell'oblio. Volevo che si trasformasse in un seme incapace di distinguere l'alto dal basso e dunque destinato a marcire; invece il seme non era affatto marcito; al contrario, si era espanso in ogni luogo possibile, come fa una pianta infestante con i suoi viluppi.

«Non voleva andarsene.»

Non volere fare qualcosa non presuppone forse una volontà?

Chi non voleva andarsene?

Era possibile che un grumo di cellule dimostrasse una volontà?

E che volontà era?

Quella di colonizzare un ambiente con la rapida efficienza di un tumore?

Ecco, credo che questo seme occulto e silente abbia lavorato per anni in me e che, senza che me ne rendessi conto, mi avesse convinto, o meglio avesse convinto i miei organi riproduttivi, che nessun altro avrebbe mai voluto abitare in un luogo da cui qualcuno era stato costretto a sloggiare.

Del resto, non succede la stessa cosa con le piante?

Ricordi che appena ci siamo trasferiti qui in campagna tuo padre aveva sradicato quel pesco malconcio per sostituirlo con una giovane pianta vigorosa?

Rammenti il suo avvilimento perché, malgrado tutte le cure prodigate, l'alberello deperiva giorno dopo giorno? La ragione l'aveva poi scoperta su internet: quando un albero viene bruscamente divelto dal terreno, le sue radici lasciano in eredità un potente messaggio chimico.

Questo è un luogo dove non conviene vivere.

Così i primi anni di matrimonio li ho trascorsi sospesa tra la contemplazione della mia infelicità e la delusione che vedevo via via apparire sul volto di Davide. Ogni mese era un no e quel no cominciava a pesare come un macigno sulla nostra relazione relativamente serena.

Un giorno d'autunno siamo andati a fare un'escursione sull'appennino emiliano. Le foglie delle faggete rendevano la luce straordinariamente dorata. Quando siamo arrivati sulla modesta vetta di una montagna, Davide si è girato e mi ha guardato: «E ora cosa facciamo?».

«Mangiamo un panino e rientriamo, no?»

«Non intendevo questo. Cosa facciamo con il nostro futuro?»

«Non mi ami più?»

«Certo, sempre di più, proprio per questo vorrei che fossimo almeno in tre.»

Ho fissato la punta degli scarponi per un po' in silenzio.

«Ci sono tante coppie che non hanno figli e restano insieme lo stesso.»

«E poi passano la vecchiaia tra un circolo del bridge e una vacanza ai tropici.»

«E allora?»

«Adottiamo.»

«Adottare?!»

«Sai quanti miliardi di bambini senza famiglia ci sono al mondo?»

Avendo sempre considerato la famiglia un fardello pesante, non mi ero mai soffermata a pensare cosa provasse chi questo peso non lo aveva mai avuto.

«Magari uno appena nato...?»

«Magari quello che ci arriva.»

«Ma non sapremo nulla di lui...»

«Nessuno sa mai niente dei figli... sono la vita. Questo basta e avanza!»

Nelle settimane seguenti siamo tornati diverse volte sull'argomento e abbiamo avuto diversi diverbi. Io sostenevo che un neonato europeo sarebbe stato l'unica soluzione possibile.

«Sì, così potresti mentirgli fin dall'inizio, presentandolo come tuo figlio. Che differenza fa se ha tre, quattro, cinque anni, se è olivastro, scuro, mulatto o scurissimo?»

«Potrebbe avere dei problemi a scuola...»

«Certo che potrebbe averli, ma avrà anche due genitori accanto che lo aiuteranno a risolverli.»

C'erano poi altre domande che non mi davano tregua. E se non gli fossimo piaciuti? Se lui non fosse piaciuto a noi? Se avesse avuto dei traumi pregressi che lo avrebbero reso ingestibile? Se ci fossimo messi in casa qualcuno che avrebbe urlato e rotto tutto dalla mattina alla sera, qualcuno che non avremmo certo potuto rimandare al mittente?

Questo tira e molla è durato più di un mese poi una sera tuo padre, vedendo che mi giravo e rigiravo nel letto, mi ha abbracciato con dolcezza. «Cosa temi da un bambino che ha solo bisogno d'amore?»

La mattina seguente mi sono svegliata, sentendomi addosso una radiosità che non mi era mai appartenuta.

«Non temere!» sentivo riecheggiare nelle orecchie.

Quelle parole dovevano aver lavorato in me durante la notte, come un tarlo.

«Hai vinto tu!» ho comunicato a Davide e la settimana dopo è tornato a casa con un pacco di fogli e gli indirizzi di associazioni che si occupavano di adozioni. Abbiamo passato sere e sere sul divano a leggere tutti i prospetti. Alla fine, abbiamo optato per l'India, scegliendo un orfanotrofio tenuto dalle suore dove due amici di Davide, anni prima, avevano già adottato un bambino.

Quella sera siamo andati a festeggiare in un ristorante del centro e alla fine abbiamo brindato come fanno le coppie quando scoprono di aspettare un figlio.

Non sapevo allora che l'infernale macchina della burocrazia avrebbe fatto di tutto per trasformare quella gioia in depressione, tristezza, rabbia.

Ogni lato della nostra vita è stato indagato con solerte crudeltà. Dovevano appurare i nostri lati oscuri, tutte quelle ombre che avrebbero potuto turbare o addirittura rovinare la vita del povero bambino. Per loro, diligenti burocrati, era preferibile che il piccolo passasse la sua vita in un orfanotrofio piuttosto di venire accolto in una famiglia non assolutamente perfetta.

Due anni di inutili e ridicole indagini.

Davide era più che furioso. «Pensano che siamo delle bande di pedofili!» ripeteva camminando senza pace per casa.

Prima dell'ennesimo avvilente incontro gli facevo fare delle respirazioni profonde. Avevo comprato un cd con suoni e musiche capaci di calmare anche un toro. Lo conoscevo ormai abbastanza da capire che esasperato com'era, al prossimo incontro, sarebbe potuto esplodere gridando e battendo i pugni sul tavolo, vanificando così in pochi minuti i sacrifici di anni.

Finalmente, all'inizio del terzo anno ci è stata concessa l'idoneità a adottare e qualche mese dopo abbiamo saputo che la scelta era caduta su una bambina che aveva poco più di un anno. Sono stati giorni di grande euforia. Fino ad allora la stanza che ti avevamo riservato era rimasta vuota, per scaramanzia. Dopo l'annuncio abbiamo iniziato ad arredarla con il letto, l'armadio, la scrivania per fare i compiti. «Ora che il pulcino arriva» ha detto tuo padre, «prepariamo il nido.» Ma quel nido, per ulteriori e assurde lunghezze burocratiche, era destinato a rimanere vuoto ancora a lungo.

Avevamo ricevuto la tua foto sorridente, con i codini neri chiusi da fiocchi rossi, e un indirizzo al quale scriverti. Ti avevamo subito spedito le nostre foto con poche chiare parole scritte in inglese accompagnate dal disegno di un cuore che batteva. *We'll wait for you!* È mai arrivata nelle tue mani, quella lettera? Chissà! Eri piccola, non eri ancora in grado di leggere né di rispondere.

In quegli ulteriori due anni di stupida e inutile attesa pulivo regolarmente la tua stanza perché non si accumulasse troppa polvere; tenevo le persiane accostate perché la luce non sbiadisse i colori e, mentre compivo questo rito ossessivo, avevo la sensazione che quella camera non fosse molto diversa da un utero in cui, giorno dopo giorno, lentamente, si stesse formando una vita.

Avremmo già voluto spedirti delle cose, vestiti, giochi, a testimonianza del nostro affetto, ma ci era stato sconsigliato. Eri però sempre più presente nei nostri discorsi. *Quando arriverà Alisha... questo piacerà ad Alisha... andremo con lei là... faremo con lei questo e quest'altro.* Sapevamo che un giorno, senza grande preavviso, ci avrebbero chiamato per imbarcarci sul volo per Calcutta e volevamo essere pronti.

Poi una mattina, mentre stavamo facendo colazione, a un tratto tuo padre mi ha detto: «Come sei bella!». Sono rimasta sorpresa perché non era da lui esprimersi in quel modo ma, in realtà, anch'io da qualche settimana mi sentivo diversa dal solito. Era un po' come se sentissi sorgere dal mio interno una inedita serenità. Anche il mio corpo aveva iniziato a manifestare degli impercettibili cambiamenti.

Una sera mi sono confidata con Davide. «Possibile che l'attesa di Alisha possa avermi scatenato dei sintomi simili a quelli della gravidanza?»

«Certo, in fondo ti stai già prendendo cura di qualcuno... l'ossitocina può fare miracoli.»

Ho accettato con buona volontà quella sua spiegazione, eppure non riusciva a sedare la mia ansia. Più passavano i giorni, più riconoscevo in quei piccoli cambiamenti gli stessi che si erano presentati nel mio corpo prima che riuscissi a risolvere il «problema». Sembrava che qualcosa di importante si stesse mettendo in moto.

La mattina stessa in cui ci hanno comunicato la data della partenza, sono andata in farmacia a procurarmi un test di gravidanza. Positivo. Ero sola a casa e mi sono sentita precipitare in un baratro. Aspettavo un figlio da Davide, un figlio nostro, reale, e da lì a poco sarei andata a ritirare dall'altra parte del mondo una bambina, senza avere la minima idea di chi fosse.

Quando Davide è tornato a casa, quella sera, mi ha trovato sul divano con la faccia stravolta dal pianto e si è preoccupato.

«Sono incinta» gli ho detto.

Dopo un attimo di incredulità, è scoppiato a ridere. «Ma è meraviglioso!»

«Ma che meraviglioso!» sono sbottata con rabbia. «È un incubo. Non ricordi che fra poco dobbiamo andare a Calcutta?»

«Certo che me lo ricordo. E allora?»

«Non capisci che avere due bambini allo stesso tempo, di cui uno che non...»

«Sempre meglio due che uno. I fratelli sono terapeutici.»

Quella sera c'è stata una grande tensione tra noi. I fantasmi della mente che mi avevano perseguitato anni prima, al momento della decisione di adottare, si erano fatti più vivi, accaniti e sguaiati che mai. «Non ce la farai mai» non facevano che ripetermi, «sarà un match fuori controllo, non ce la farai.»

Davide non sembrava minimamente sfiorato dalla danza di quegli spettri. Da bravo medico, faceva calcoli sulla possibile data del parto, girava per la casa con la faccia di un bottegaio soddisfatto, e più lo guardavo, più sentivo salire il nervosismo dentro di me, e in quel nervosismo, tra gli altri pensieri, ne è comparso uno che presto ha monopolizzato tutti gli altri: e se quello stress – l'imminente incognita di Calcutta – provocasse nel fragile equilibrio del mio corpo un subbuglio biochimico tale da convincere il mio ospite ad andarsene? Non è forse rimasto là dentro un cartello invisibile che indicava la direzione dell'uscita?

Così, cara Ali, mentre tu impaziente contavi i giorni che mancavano al nostro arrivo, a quando mami e papi sarebbero venuti a prenderti, io furiosamente e forsennatamente cercavo di liberarmi della tua presenza.

Ricordi i buchi neri di cui ti parlavo all'inizio? Eccoli qua. Nessuno ne è esente, con il tempo ho capito che sono sempre in noi, sonnacchiosi ma capaci di risvegliarsi all'improvviso e divorare l'equilibrio raggiunto con tanta fatica, non appena ti trovi di fronte a un bivio che ti mostra le due strade tra cui devi scegliere.

Quella dell'amore e quella del non amore.

Avevo una vita dentro di me che reclamava tutta la mia attenzione e una fuori di me, più nebulosa, incerta, di cui forse sarebbe stato meglio non farsi carico.

Quanto orrore c'è nascosto dietro ai nostri sorrisi, dietro le nostre parole ipocrite! Mentre tu scalpitavi, aspettando che si aprisse quella porta, io cercavo il modo per equipararti a un pacco su cui si erano dimenticati di scrivere l'indirizzo e che quindi doveva venir spedito al mittente, così il problema si sarebbe risolto.

Per giorni e giorni ho rimuginato questi pensieri dentro di me, senza dire nulla a Davide. Non mi ero però resa conto di quanto simili elucubrazioni fossero abominevoli fino al giorno in cui a tavola ho buttato lì, con finta noncuranza. «Nel caso che uno dei genitori adottivi si ammalasse... O magari anche peggio, prima ancora che il bambino arrivi in casa... Insomma, la legislazione cosa...»

Tu padre si è alzato di scatto sferrando uno dei suoi poderosi pugni sul tavolo, così poderoso che la bottiglia del vino si è rovesciata. Mentre contemplavo la macchia rossa allargarsi sulla tovaglia, ho sentito la sua voce gridare: «Ma chi sei? Un rettile? Ma chi ho sposato?».

Subito dopo è uscito di casa, sbattendo la porta.

Per tre notti ha dormito sul divano.

Allora sai cosa ho fatto? Ho preparato il letto mettendo le lenzuola con le stelline che avevamo comprato per te e mi sono trasferita in camera tua.

Quel lettino è stato il grembo che mi ha permesso di «partorirti» davvero. Ho pensato al tuo piccolo cuore, all'ansia, al timore, alla gioia che avresti provato davanti a quell'immenso cambiamento. Ho pensato a quando ti avrei portato a spasso, a quando saremmo andate al mare, alla prima volta che avresti visto la neve. Ho pensato alle braccia di tuo padre che ti avrebbero sorretto con solida fermezza e alle mie che ti avrebbero potuto offrire altre cose. Ho immaginato come avremmo comunicato nei primi tempi, con disagio, con gesti, con qualche parola in inglese.

Di fronte alla realtà pratica della tua vita, le gelide spire del buco nero erano scomparse. I fantasmi della mia mente si erano dissolti e davanti a me c'era una bambina indiana con un nome meraviglioso e il sogno di avere da qualche parte due genitori.

Provavo talmente tanta vergogna per averti trasformato in un pacco da rispedire al mittente che all'alba del terzo giorno ho raggiunto in punta di piedi Davide sul divano, mi sono accoccolata accanto a lui sotto il piumone.

«Ce la faremo» gli ho sussurrato.

«Certo che ce la faremo» ha risposto senza aprire gli occhi. Poi mi ha stretto a sé e ci siamo riaddormentati.

A Calcutta ci siamo fermati due settimane, la notte prima di vederti non abbiamo chiuso occhio. «Il fuso orario» ha commentato Davide ma era chiaro che si trattava di una scusa per nascondere la sua agitazione. Lui era il monolite, la pietra inamovibile del nostro rapporto, non poteva far trapelare alcun tipo di fragilità.

Alle dieci eravamo già all'orfanotrofio. Tu ci aspettavi in una specie di salotto disadorno accanto a due suore giovani e sorridenti. Per anni avevo immaginato quell'incontro, ed ero sicura di dover affrontare una qualche forma di timida ritrosia da parte tua. In fondo cos'eravamo noi per te? Due sconosciuti che venivano a strapparti dal tuo mondo. Invece ci sei subito corsa incontro senza alcuna esitazione, con un sorriso smagliante.

Quelle due settimane insieme sono letteralmente volate.

Sulla via del ritorno, quando l'aereo era già atterrato e attendevamo che si aprissero le porte, ho sentito per la prima volta Ginevra muoversi dentro di me.

Prima di venire a prenderti, avevamo discusso a lungo sul modo migliore di gestire questa situazione. Non volevamo procurarti ulteriori traumi: avevi finalmente un piccolo regno tutto tuo e forse, se avessi saputo di doverlo subito dividere con un altro, ne saresti rimasta turbata. Così, finché ho potuto, ho tentato di mascherare la mia condizione dietro ad abiti larghi. Ma una mattina, mentre ti aiutavo a vestirti, hai indicato con un dito la mia pancia, dicendo: «C'è un bambino».

Sapevamo ormai che non sarebbe stato un fratellino ma una sorellina e avevamo già deciso come chiamarla. Invece di essere turbata, ne sei stata entusiasta. Quando poi tuo padre ti ha detto che il suo nome,

Ginevra, era quello di una regina, il tuo entusiasmo è salito alle stelle.

Per accelerare l'apprendimento della lingua, che peraltro procedeva velocissimo, avevamo da poco cominciato a vedere le cassette dei film Disney, ricordi? Le storie con le regine e le principesse erano la tua passione, per questo avevi insistito per preparare una corona per il suo arrivo. L'avevamo ritagliata insieme da un cartoncino e incollata e poi tu l'avevi colorata con i pennarelli, ornandola con una miriade di luccicanti stelline.

Invece di provare gelosia, come temevamo, hai avuto subito un'adorazione nei confronti di Ginevra. Ti sentivi la sorella più grande, già responsabile di lei e, al tempo stesso, non vedevi l'ora che crescesse per poter giocare insieme.

Un paio di mesi dopo abbiamo fatto il primo lungo viaggio insieme per andare a conoscere i genitori di Davide, i vostri nonni. È stata anche l'occasione per organizzare il tuo battesimo e quello di Ginevra. Per te abbiamo scelto il nome «Benedetta» perché per la sua etimologia latina è l'analogo di Alisha.

Quella mattina tuo padre ti ha fatto trovare sul tavolo della colazione una meravigliosa coroncina di fiori che sua sorella di nascosto aveva intrecciato per te. Te la sei messa in testa, radiosa.

«Ora siete due vere regine!» ha detto Davide.

E così, con le due piccole teste coronate – una tenuta per mano e l'altra nella carrozzina – in una splendida giornata di sole estivo abbiamo attraversato il paese per raggiungere la chiesa dove si sarebbe celebrato il vostro battesimo.

Per me e tuo padre, quello è stato forse il periodo più felice della nostra vita comune. Essendo però genitori inesperti e un po' ingenui, ignoravamo le sotterranee rivalità che, nel tempo, possono minare i rapporti tra fratelli.

C'è stato un giorno preciso che ha fatto da spartiacque.

Ginevra aveva sette anni e tu undici. Nel mezzo di un normalissimo pranzo, di punto in bianco, tua sorella ha chiesto: «Ma, in questa casa, chi è veramente la primogenita?».

La sua domanda ci ha spiazzati.

«Ali è la sorella maggiore, tu la minore» è stata la salomonica risposta di Davide.

Quel «minore» è rimasto inciso nella mente e nel cuore di Ginevra come la più grande delle ingiustizie e come fonte di continua e feroce rivalità nei tuoi confronti. Battute, scaramucce e scontri ai quali non sempre, con la tua disarmante gentilezza, sei riuscita a sottrarti.

Riuscirete un giorno a rincontrarvi, a essere l'una per l'altra compagnia e sostegno? Ora che cominciamo a invecchiare, io e tuo padre ce lo chiediamo spesso, ma non siamo in grado di risponderci e questo ci mette una certa ansia perché il desiderio più profondo di ogni genitore credo sia quello di non chiudere gli occhi su un mondo di discordie.

I passi che farete e che non farete però saranno solo

nelle vostre mani. Noi vi abbiamo dato le istruzioni per navigare, ma scegliere di arrivare in porto o di naufragare dipenderà solo da voi. Il barlume di speranza che ancora abbiamo si basa sul tuo atteggiamento nei confronti della vita, lontano anni luce da quello di Ginevra. Per te tutto è dono, per lei tutto è dovuto. E dunque se un giorno lontano, da un luogo lontano, vedrò una di voi due fare il primo passo, sono quasi sicura che questo passo sarà il tuo.

Tu ti stai già lanciando nella tua vita adulta, lavori da tre anni, hai il tuo stipendio e fai un mestiere che è anche la tua passione. In più, hai accanto a te un ragazzo che tu ami e da cui sei riamata che ha una disposizione d'animo simile alla tua.

I tuoi sogni non hanno la grandezza e l'ambizione di quelli di Ginevra, ma chi ha detto che la grandezza e l'ambizione siano fonti di felicità?

Non ti nascondo poi che tuo padre e io, ora che i nostri capelli sono quasi tutti bianchi, coviamo dentro di noi il sogno di chi ha raggiunto la nostra età: quello di poter presto stringere tra le braccia un nipotino; quel figlio che ti ricongiungerà misteriosamente alle tue due madri e in cui forse si realizzerà il tuo grande desiderio infantile, espresso un giorno a scuola, di essere un po' più *rosa*.

Hai dunque già tante mete davanti a te, Ali. Mete molto più vicine e realistiche di quelle di tua sorella.

«Massimo due anni» ci hai detto prima di partire per la Finlandia «vorrei aprire un salone tutto mio.»

«Che bella idea!»

«E come lo chiamerai?»

«*Namasté*» hai risposto, senza alcuna esitazione.

Ci è venuto da ridere.

Potevi dargli un nome diverso?

Namasté che vuol dire «mi inchino alla divinità che è in te».

Namasté, cara Alisha.

Namasté, mi inchino alla divinità che ha fatto incontrare le nostre vite.

Per Ginevra

Cara Ginevra,

non mi è difficile immaginarti mentre ti aggiri con occhi stellanti tra gli scaffali della Cooperativa in compagnia di Diamante e di qualche altra vostra amica. Domani è l'ultimo giorno dell'anno e sicuramente vi starete preparando a festeggiare questa convenzionalissima festa nel modo migliore.

Prevedo che tu abbia confessato alle tue amiche, con il tono risentito di una suddita di un regno totalitario, che i tuoi non ti avevano mollato abbastanza soldi per passare degnamente le feste a Cortina. «Potrebbero, ma non vogliono» avrai sicuramente aggiunto. Da quando hai letto, alla fine della scuola primaria, la storia di un topo avaro che viveva in un castello denominato Rocca Taccagna non hai più smesso di definirci così. Noi eravamo avari e vivevamo a Rocca Taccagna.

È dalla più odiata delle tue Rocche Taccagne, la

casa in cui ci siamo trasferiti dopo il grande scandalo che ha travolto tuo padre, che ti scrivo. So che a te, che hai sempre amato la socialità, le vetrine e la confusione cittadina, questo casale immerso nel bosco deve sembrare non molto diverso dal Castello d'If in cui era imprigionato il conte di Montecristo. In più, non avendoti ancora dato il permesso di guidare il motorino, la condanna a dover andare a scuola con gli odiati autobus di linea ti fa sentire ancora più prigioniera.

Quando abbiamo deciso di trasferirci qui, tuo padre e io eravamo perfettamente consapevoli che tu saresti stata quella che ne avrebbe maggiormente sofferto. Per questo ti abbiamo quasi sempre concesso di restare a dormire dalle tue compagne di scuola a Parma e di invitarle nel fine settimana per farti compagnia. Le rare volte in cui sono venute, siamo rimasti turbati dal fatto che invece di godervi il giardino, rimaneste l'intero fine settimana sui divani con lo sguardo fisso ai vostri smartphone. Ogni tanto sentivamo le vostre risate ma ci era impossibile partecipare alla vostra ilarità; appartenevate a un altro mondo, a una setta che usava propri codici da cui noi eravamo esclusi, e questo ci incuriosiva e ci impensieriva nello stesso tempo. Eri nostra figlia, carne della nostra carne, eppure eri diventata un'estranea. Anche prima dell'avvento della tecnologia i figli adolescenti venivano attirati da mondi diversi da quelli dei genitori, magari anche opposti, ma pur sempre comprensibili in quanto ancorati al reale.

Dei danni della realtà virtuale tuo padre aveva iniziato a parlarmi molto prima che la situazione diventasse così totalizzante. Vedeva bambini arrivare in ambulatorio con problemi mai diagnosticati prima e si sentiva impotente, non riuscendo a entrare in quel mondo. «È come se fosse arrivato il Pifferaio di Hamelin» mi confidava in quel periodo. «Si è messo a suonare e ce li ha portati via tutti.»

Ora, mentre tu cicaleggi con l'entusiasmo tipico della tua età per il centro di Cortina, io sono qui seduta sul divano della tua odiatissima casa. Sono già cinque giorni che vivo nella solitudine così desiderata e ogni tanto mi sorprendo a pensare quanto siano lunghe le giornate senza il ritmo delle incombenze e, al tempo stesso, come volino via veloci non appena ci si sprofonda nei propri pensieri; quando scompaiono quelli della quotidianità – i pensieri orizzontali li chiamo – compaiono quelli verticali e questo tipo di riflessioni ti conduce quasi inavvertitamente in luoghi dove il tempo non esiste. A parte le poche passeggiate che mi concedo quando il tempo è bello, per il resto mi abbandono alla lentezza di giornate senza impegni. Anche Felix sembra contento di questa improvvisa pace; è pur sempre un gatto e i felini sono per natura solitari; ronfa sprofondato nel cuscino del divano, ogni tanto mi viene vicino per condividere un intermezzo di fusa.

Da quando siete partiti, ho passato parte del mio tempo a scrivere una lettera ad Alisha. Oggi, accompagnata da uno splendido sole invernale, inizio quella per te. Che bisogno c'è? ti chiederai. Non comunichiamo già abbastanza? È vero, ormai abbiamo la possibilità di mandarci messaggi in tutti i momenti del giorno e della notte superando ogni barriera geografica; un simile continuo scambio di informazioni, però, non è molto diverso da quello delle formiche che, incontrandosi, si sfiorano le antenne per segnalare una fonte di cibo poco lontana. Ma è sufficiente questo livello di comunicazione per noi esseri umani?

Sai, quando cominci ad avere i capelli bianchi – e noi due li abbiamo, tuo padre più di me – cominci anche a farti delle domande. E tra queste domande, la più importante è una sola.

Cosa lascerò dietro di me?

Un conto in banca, delle proprietà, dei figli, dei nipoti? E a questi figli, a questi nipoti basterà sapere di avere un'eventuale tranquillità economica alle spalle? Se così fosse, l'eredità di qualcosa di concreto darebbe pace a tutti, invece le famiglie si dilaniano per generazioni a causa di pochi dannati beni.

Quando tuo padre e io non ci saremo più, cosa vi resterà di noi? Una serie di foto sul cellulare che un solerte algoritmo continuerà a proporvi accompagnate da una musichetta allegra per ricordare i «momenti felici» della vostra vita.

Vi basterà? Cosa potreste trasmettere ai vostri figli con queste immagini evanescenti? Soltanto delle simpatiche figurine a una dimensione fissate in un vuoto sorriso.

Quando frequentavo ancora l'università ero venuta a conoscenza di un crudele esperimento avvenuto qualche anno prima. Una coppia di studiosi del comportamento aveva deciso di far crescere il loro figlio insieme a un cucciolo di scimpanzé nato negli stessi giorni. Vivevano entrambi in casa, ricevevano la stessa educazione e i genitori prendevano appunti ma, malgrado il loro distacco, erano turbati dal fatto che i progressi della piccola scimmia fossero molto più rapidi di quelli del loro bambino. Fino al compimento del secondo anno, lo scimpanzé aveva primeggiato in tutto ma, nel momento in cui il figlio aveva iniziato a parlare, le posizioni si erano rapidamente invertite. In breve, la povera scimmia era stata rinchiusa nella gabbia di uno zoo e il bambino aveva iniziato il suo percorso di essere umano.

La parola è la sola caratteristica che ci distingue dal resto del vivente. La parola è un privilegio e un peso, ma è anche l'unica strada grazie alla quale possiamo costruire la nostra identità di umani, identità che si basa sulla relazione e soprattutto sulla più complessa delle relazioni: quella con la memoria.

Se non ho scritto un'unica lettera per te e per Ali è proprio per questa ragione. L'unico bagaglio che porta sulle spalle Ali è quello della genetica: la sua memoria genealogica, fatta di parole, gesti, emozioni nasce dal suo arrivo in Italia. Quando metterà al mondo un figlio inizierà a sua volta a costruire questo misterioso legame che si tramanda tra gli uomini.

La grande differenza tra te e Alisha è che lei può partire in qualche modo più leggera mentre tu sei venuta al mondo con diversi tomi di genealogia sulle spalle.

Quando eri appena nata, tuo padre e io facevamo a gara per attribuirti somiglianze che, con il passare dei mesi, mutavano velocemente, eppure eravamo consapevoli che, sebbene tu fossi in qualche modo il «riassunto» dei geni di chi ti aveva preceduto, eri anche un essere umano unico che aveva una vita intera davanti a sé per mostrare la sua originalità.

Comunque almeno una cosa l'ho subito notata. A due, tre anni era già comparsa nel tuo sguardo un'ombra critica, quella di chi cerca il pelo nell'uovo, che sapevo appartenere a me e alla mia famiglia.

Ali ti ha sempre adorato. Oltre a farti indossare le sue corone artigianali, ogni volta che era possibile, spingeva la tua carrozzina proclamando entusiasta: «Ecco Ginevra, la regina!». Se all'inizio tu non potevi capire, a tre, quattro anni hai iniziato a esserne compiaciuta e ho dovuto faticare non poco per far desistere Ali da questo rito. Sebbene tuo padre e io avessimo preso ogni precauzione per non viziarti – contrastando la moda corrente che considera il figlio un piccolo sovrano e i genitori i loro devoti servitori – sei stata da sempre una bambina capricciosa. Era come se, dentro di te, ci fosse qualcosa capace di offuscare anche le più splendide giornate di sole; quando tutto sembrava andare nel migliore dei modi, in te sorgeva un moto di improvvisa stizza, una lacrima rabbiosa a cui eri troppo piccola per poter dare un nome; questa tua misteriosa capacità di rovinare anche i momenti più sereni inquietava Ali che ti accudiva con dolcezza e non riusciva a entrare nelle dinamiche dei tuoi furori.

Tuo padre, da bravo pediatra, tendeva a vedere alla base di quell'infelicità un qualche problema fisiologico: la dentizione, qualche colica, gli inspiegabili terrori notturni che colpiscono un gran numero di bambini, proiettando le loro ombre cupe anche al risveglio. «Crescendo passerà tutto» diceva sempre, ma non osavo chiedere a quale tappa della crescita si riferisse. Passava un mese e quello successivo, arrivava un nuovo anno, ma nulla mutava e tu mostravi con sempre maggiore chiarezza il tuo carattere di eterna insoddisfatta.

Ti devo confessare che l'esasperante attesa dell'arrivo di Ali è stata per me un periodo popolato da paure e da angosce. Non avendo la minima idea di come sarebbe stata questa bambina, ero quasi certa che non sarei stata in grado di gestirla. Quando invece tu, come una grande insperata sorpresa, avevi iniziato a formarti nelle profondità del mio corpo, tuo padre e io eravamo stati presi da un'euforia quasi adolescenziale. Giorno dopo giorno, mese dopo mese, ecografia dopo ecografia, seguivamo il tuo sviluppo e, nell'ammirare l'antico miracolo di una nuova vita, mai, neppure per un istante, eravamo stati sfiorati dal dubbio che tu potessi non essere assolutamente perfetta.

In realtà, nella solitudine notturna, qualche piccolo fantasma compariva nella mia mente ma lo scacciavo confidando che, nella lotteria genetica in corso, prevalesse il seme paterno: solido, concreto, privo di qualsiasi svolazzo nevrotico. Invece ho ben presto dovuto arrendermi all'evidenza. In te, almeno per il momento, ha preso il sopravvento il ramo materno. La conferma di ciò è stato il legame strettissimo che si è subito creato tra te e mia madre, la tua amata nonna. Tutto ciò che io avevo sempre trovato insopportabile in lei, a te piaceva.

Ricordo ancora una domenica in cui eri tornata a casa dopo una giornata trascorsa a casa sua e, guardandoti intorno con aria perplessa, avevi osservato: «Ma perché non ci sono quadri antichi in questa casa?». Poi durante la cena ci avevi spiegato con candore infantile l'insegnamento araldico che ti era stato impartito quel pomeriggio. Ci sono famiglie che hanno una grande storia alle spalle e che adornano le pareti di quadri preziosi e di ritratti dei propri antenati, mentre altre, la maggior parte, decorano i muri con poster o fotografie. «Se è per questo, certe non hanno neppure le foto» aveva commentato Ali, con una vena di tristezza.

Alla nonna ti legava una sorta di aristocratica complicità. Tanto io l'avevo delusa nella sua smania di mondanità, altrettanto tu le davi soddisfazione. Il giorno in cui ti aveva promesso di farti fare un ritratto da un pittore per i tuoi diciott'anni, eri tornata a casa radiosa.

Il tuo sentirti sempre in qualche modo defraudata di qualcosa è stato probabilmente fomentato dai tanti racconti di mia madre, racconti intrisi di nostalgia per un mondo in cui i nobili erano davvero nobili e in cui le distanze sociali erano ben definite. Tu sentivi di dover appartenere a un altro ambiente, un ambiente elitario molto diverso da quello in cui tuo padre e io ti costringevamo a vivere: nessun segno di aristocratica superiorità, nessun ritratto di avi alle pareti, una sorella dalla pelle scura, nessuna cena in ristoranti esclusivi, soltanto affannose spese al supermercato e qualche ordinario residence, invece che hotel stellati, in cui trascorrere le poche settimane di vacanze.

A questo punto, dato che ormai hai varcato la fatidica soglia della maggiore età e forse, quando leggerai queste righe, sarai ancora più grande, desidero raccontarti qual è il mondo in cui sono cresciuta, l'ambiente che ho rifiutato e di cui non rimpiango non dico un giorno, ma neppure un secondo.

Anni Sessanta del secolo scorso. Un grande appartamento nel centro di Ferrara; lunghi corridoi, stanze dai soffitti altissimi; una zona più modesta, dietro alla cucina, riservata alle persone di servizio; enormi mobili di legno scuro che incombevano da ogni lato, sovrastati dagli austeri ritratti degli antenati.

In quella lugubre penombra si aggira una bambina, non parla molto né si aspetta alcunché dagli altri perché ha capito quasi subito di essere solo una formalità espletata. Ha una bella camera tutta per sé con una piccola libreria piena di classici per l'infanzia, alcune bambole e qualche pentolina con cui gioca nei lunghi pomeriggi invernali, quando la nebbia avvolge la città impedendo le salutari passeggiate.

Questa bambina vive con suo padre, sua madre e con un'istitutrice che si prende cura di lei. Litigano forse, i suoi genitori? Si insultano? La maltrattano? Niente di tutto ciò. Si adorano e, oltre a adorarsi, sono belli come due attori del cinema. Ogni tanto escono tutti e tre insieme, certo, le parlano anche, ma è chiaro che in questo stare vicini non c'è una vera presenza.

Io ero quello che due persone del loro ceto non potevano non avere. L'erede. Un dovere, un passaggio obbligato e, da questo nuovo membro della famiglia si aspettavano una sola cosa: che rispettasse le tradizioni e seguisse il percorso già tracciato per lei dalla nascita.

Spesso ho pensato che se non ci fosse stato alcun tipo di intesa tra loro, se poco dopo il matrimonio si fossero resi conto di una incompatibilità caratteriale, con ogni probabilità il loro comportamento sarebbe stato diverso. Una madre frustrata avrebbe riversato, per compensazione, tutte le sue attenzioni sulla figlia, mentre un padre con una moglie bisbetica o gelida avrebbe di sicuro rivolto le sue attenzioni al di fuori del matrimonio. Invece la loro complementarità era perfetta, si riflettevano uno nell'altra come in un gioco di specchi; se fossero stati una forma geometrica, avrebbero formato una sfera: nessuno poteva avere accesso all'interno del loro mondo.

Tuo nonno, di cui non hai memoria perché è morto quando andavi ancora all'asilo, era di dodici anni più grande di tua nonna. Mia madre discendeva da una famiglia di nobili proprietari terrieri, latifondisti. A parte il grande palazzo di Ferrara, non erano rimasti loro molti beni ma in provincia il titolo è in qualche modo ancora più importante delle proprietà. Suo marito, invece, proveniva da una famiglia della media borghesia, non aveva ritratti di avi alle pareti, per intenderci, ma era un brillante avvocato e anche grazie alle conoscenze della moglie aveva fatto una rapidissima carriera, garantendo presto alla nuova famiglia una serena agiatezza economica.

Io sono nata dopo cinque anni dal loro matrimonio.

Sono sicura che avrebbero preferito un maschio, ma il fatto che non abbiano ritenuto di ritentare la sorte con un'altra gravidanza mi fa pensare che non avessero un grande interesse per la discendenza. Erano semplicemente una coppia che aveva messo alla prova il funzionamento dei propri organi riproduttivi; assolto il compito, si erano immersi nuovamente nel loro rapporto di reciproca adorazione.

A volte, ora che sono adulta anch'io, ora che ho vissuto una buona parte della mia vita, cerco spesso di capire quanto mia madre fosse davvero felice o quanto, più semplicemente per pigrizia, indolenza o debolezza di carattere, si fosse adeguata al ruolo che le avevano proposto, e avesse finto di esserlo. Era stata una bambina serena? Aveva scorrazzato gioiosamente per quei cupi corridoi, aveva inseguito qualcuno o si era fatta inseguire, aveva giocato a nascondino per l'eccitazione di farsi trovare? Non avevo modo di saperlo.

Quando già avevo otto, nove anni, l'età in cui al

terrore si sostituisce la curiosità, osservando i volti dei trisavoli mi domandavo: perché sono tutti così seri, così tristi, perché non sorridono mai? E promettevo a me stessa che, se un giorno avessi dovuto subire la stessa sorte, avrei accettato di farmi ritrarre soltanto con un sorriso sul viso. Per fortuna, la tradizione dei ritratti si è interrotta con tua nonna. Noi possiamo farci un numero infinito di foto e salvare solo quelle che ci piacciono.

Certo, tutta questa storia dei ritratti e della solitudine infantile affidata a un'istitutrice ti sembrerà appartenere a un romanzo gotico, così come ti sembrerà improbabile che non ci fosse alcun tipo di confidenza tra genitori e figli. Ma sessant'anni fa era proprio così, i genitori davano ordini e i figli obbedivano; e più la classe sociale era elevata, più questa realtà era incontrovertibile.

Fino a undici anni ho vissuto silenziosa come un topolino.

«Che adorabile bambina!» commentavano gli invitati quando, prima di cena, mi affacciavo per una breve comparsa di rito. Non potevano immaginare che entro breve tempo quel piccolo tesoro avrebbe scatenato una tempesta perfetta intorno a sé.

Poggio Imperiale, questo nome probabilmente non ti dice nulla ma per me è stata la muraglia cinese che ha diviso in due la mia vita infantile. Ne avevo già sentito parlare durante le conversazioni in casa ma non vi avevo mai prestato la minima attenzione. Soltanto quando mia madre aveva iniziato a far cucire su tutti i miei indumenti un numero e a riporli in un baule, avevo cominciato a sospettare che stesse per succedermi qualcosa di particolare. Quegli indumenti erano il mio corredo e Poggio Imperiale era il collegio fiorentino in cui mi sarei trasferita per iniziare le scuole medie. Era una tradizione di famiglia: mia madre e mia nonna l'avevano frequentato; se eri femmina, a undici anni entravi a Poggio Imperiale e ne uscivi a diciotto.

Non ero stata preparata in alcun modo a questo passaggio. Soltanto un paio di giorni prima, mia madre mi aveva detto: «Andrai in un posto bellissimo, dove ci sono tante ragazze della tua età, ci sarà anche un grandissimo giardino». Quell'idea non mi era affatto dispiaciuta perché mi sentivo molto sola e sognavo da sempre di vivere in una casa con giardino. Così gli ultimi giorni di settembre, agitata ma tutto sommato felice, ero salita in macchina con il mio baule per raggiungere Firenze accompagnata dai miei genitori.

La direttrice ci aveva accolti con cordialità; avevamo visitato tutta la struttura, le aule, gli spazi comuni, il parco monumentale dietro l'edificio e alla fine ero stata accompagnata in quella che doveva essere la mia stanza: uno spazio gigantesco con le volte affrescate che, più che la camera di una ragazzina di undici anni, sembrava la sala di un importante museo.

Avevamo poi pranzato insieme in un clima di apparente serenità. Subito dopo, mia madre mi aveva riaccompagnata nella mia stanza, aveva aperto il baule e sistemato le cose nell'armadio, tirando fuori per ultima la tristissima divisa grigia di lana pizzicosa che mi aveva fatto confezionare a Ferrara, senza che lo sapessi.

«D'ora in poi la metterai ogni giorno» poi mi aveva baciato sulle guance ed era uscita dalla stanza.

Sebbene non avessi un grande legame con i miei, avevo comunque undici anni e non ero pronta a vivere in un mondo diverso. Il giorno dopo erano arrivate altre ragazze; molte si conoscevano già, formavano allegri capannelli pieni di complicità, conoscevano già le educatrici e, a ogni battito di mani, si muovevano con ordine. Io mi sforzavo di seguire questo ritmo, ma in quel tentativo di adeguarmi era già compressa tutta la mia sofferenza interiore.

Se si lascia una lente sotto i raggi del sole, prima o poi, si forma una fiammella nel luogo dove cade il fascio di luce; nessuno ha buttato un fiammifero eppure l'incendio scoppia lo stesso. Sentivo dunque questa spessa lente dentro di me, percepivo il calore aumentare di giorno in giorno e, più cresceva, più mi rendevo conto che il mio interno era fatto di sterpaglie perché non ero altro che un rozzo spaventapasseri incapace di interpretare la sua parte.

Il primo sintomo che qualcosa stesse cedendo in me era stato il digrignare dei denti con cui mi svegliavo di colpo ogni notte: sognavo di essere un cane legato alla catena che cercava ossessivamente di liberarsi dall'acciaio che lo imprigionava.

C'erano già state alcune avvisaglie esterne. Alcune volte ero scoppiata a piangere senza una ragione durante i pasti o in ricreazione. Una di quelle volte, l'educatrice mi aveva preso da parte e, asciugandomi le lacrime, mi aveva consolata: era normale che nei primi tempi avessi nostalgia di casa, capitava a diverse ragazze appena arrivate, soprattutto alle più sensibili o alle più attaccate ai loro genitori, «ma in poche settimane», mi aveva confortato, «tutto sarà alle spalle e ti divertirai assieme alle tue compagne».

Malgrado avessi voluto credere con tutta la mia buona volontà alle sue parole, di notte il piccolo cane prigioniero continuava a rodere la catena.

Molte volte, da adulta, mi sono chiesta se ciò che sentivo fosse davvero nostalgia. Avevo nostalgia dei miei genitori? Data l'inesistenza del nostro rapporto, mi sembrava piuttosto difficile. Forse avevo più nostalgia della mia camera: quella in fondo era la tana in cui il topolino era vissuto. Ma nella lente che stava preparando l'incendio si nascondeva qualcosa di più complesso, e di questo parlava il cane con la sua catena: non volevo imparare le lingue, non volevo obbedire ai campanelli, non volevo andare all'opera, non volevo indossare una divisa; la Chiara adulta che si stava forgiando non era la Chiara che avrei voluto essere.

A Poggio Imperiale però ho capito una cosa fondamentale: che avevo un temperamento ribelle, il temperamento cioè di chi ricerca la verità della sua vita e, in nome di questa ricerca, è pronto ad affrontare anche grandi disagi.

Così un giorno, verso la metà di novembre, sotto la lente è stato raggiunto il punto di combustione.

Eravamo tutte riunite in refettorio per il pranzo quando improvvisamente, per una ragione che non ricordo, con un gesto deciso ho spazzato via le stoviglie davanti a me e sono salita sul tavolo, iniziando a prendere a calci tutto quello che trovavo sotto tiro: zuppiere, piatti, bicchieri, pezzi di pane, provocando un fuggi fuggi generale; finita la carica incendiaria, sono rimasta immobile con lo sguardo perso nel vuoto in quell'ecatombe di cocci, il volto in fiamme e i pugni stretti lungo il corpo.

Ricordo il silenzio assoluto che è seguito: l'unico rumore era l'affanno del mio respiro, e un cane che abbaiava lontano.

Dopo un po' la mia educatrice si è avvicinata con cautela. «Chiara, cosa succede?» mi ha chiesto con voce calma, tendendomi le braccia e io mi ci sono buttata dentro, scoppiando in singhiozzi. Sono stata poi accompagnata in infermeria; nel pomeriggio un medico, dopo avermi visitato, mi ha dato delle pillole che mi avevano fatto dormire a lungo.

Non sono più tornata né in classe, né nella mia stanza.

La domenica seguente sono venuti i miei a prendermi, il mio baule era già pronto all'ingresso fin dalla mattina; per tutto il viaggio di ritorno mia madre ha fumato ininterrottamente; mi veniva da vomitare ma non ho osato dire niente.

La settimana dopo sono stata iscritta a una scuola media del quartiere e ho iniziato la mia vita da BB:

bambina banale. Venire allontanati da Poggio Imperiale era considerata un'onta dalla quale era impossibile riprendersi. Il cane aveva logorato la catena fino a spezzarla ma non conosceva il prezzo che avrebbe dovuto pagare per quella libertà.

Quando sono stata più grande, mia madre mi ha riferito le esatte parole della direttrice, quando mi avevano cacciato: Poggio Imperiale non poteva avere tra le sue allieve persone mentalmente disturbate.

Da quel giorno l'ombra di una eventuale follia aveva iniziato ad aleggiare sui miei giorni: si aspettavano a breve altre mie crisi, ma il tempo passava e non se ne erano più presentate; alla fine i miei genitori si erano rassegnati al fatto che fossi soltanto una ragazza priva di qualsiasi ambizione: una ragazza che voleva vivere in modo ordinario.

La nostra convivenza è andata avanti così per anni: loro sempre immersi nella loro vita mondana, io sprofondata nella banalità di provincia. Mi impegnavo molto nello studio, forse per cercare un qualche tipo di riscatto ai loro occhi; credo però che loro sapessero a malapena che classe frequentassi: ero uscita dal tracciato prestabilito e nei confronti di quello che avevo scelto non provavano alcun tipo di interesse.

Per un paio d'anni ho fatto parte di una squadra di pallavolo ma, sostanzialmente, ero una ragazza solitaria. Leggevo molto. I ragazzi non mi interessavano – o meglio, ero convinta di non interessare a loro – pedalavo senza meta, facevo lunghe passeggiate. I tempi erano molto diversi da quelli di adesso, non esisteva la socialità virtuale, iperconnessa e fagocitante di oggi.

Spesso però mi trovo a interrogarmi su noi due, mi chiedo se siamo poi davvero così agli antipodi, caratterialmente.

Quanto c'è di me in te, e di te in me?

Io, vissuta in un mondo di relazioni algidamente formali, sognavo una dimensione umana fatta di calore, mentre tu, cresciuta in una famiglia fin troppo presente e dialogante, sogni un mondo di aristocratico distacco. L'opposto, si direbbe, ma gli opposti misteriosamente si sfiorano e finiscono per coincidere. Così posso dire che, in entrambe le situazioni, c'è una grande insicurezza di base; ed è proprio l'insicurezza la strada maestra per riuscire, un giorno, a diventare noi stessi.

Con disappunto di tuo nonno, avevo deciso di iscrivermi al liceo scientifico e già da questa mia scelta – il rifiuto del classico – aveva capito che avrei fatto di testa mia anche per quel che riguardava l'università. Il percorso tracciato davanti a me era Giurisprudenza: avrei dovuto affiancare mio padre, ereditare lo studio di famiglia, tramandando così anche il suo nome; ma non avevo nessuna intenzione di seguirlo.

Alla fine del quarto anno di liceo avevo avuto una relazione con un mio coetaneo che si era conclusa presto, con una cocente delusione, per cui posso dire che la scelta di iscrivermi a Biologia era stata piuttosto casuale ma, con la mia solita diligenza, sono arrivata fino in fondo e non sono stati pochi i trenta che ho ottenuto sul libretto. Subito dopo la laurea, ho trovato lavoro in un'industria farmaceutica. Anche in questo i tempi erano molto diversi dai vostri: una persona preparata che cercava lavoro lo trovava; e trovarlo voleva dire emanciparsi dalla famiglia di origine.

Ho preso un appartamento a Bologna iniziando così una vita solitaria e indipendente. Tua nonna mi telefonava ogni domenica alle cinque di pomeriggio. Un rito, così com'era stato un rito il bacio del buongiorno e della buonanotte che, fin dalla prima elementare, ero stata costretta a compiere mio malgrado.

Mi telefonava sempre augurandosi di non trovarmi, sperando che avessi una qualche relazione in grado di sottrarmi a un futuro da zitella; ogni tanto mi dava anche qualche consiglio: potresti truccarti, avere un taglio di capelli diverso; se vuoi, quando vieni a Ferrara, andiamo a rifare un po' di guardaroba.

Nel frattempo, mi ero presa un gatto e l'avevo chiamato Latte perché era tutto bianco: era l'unica presenza che sopportassi in casa; c'era ancora una grande ferita dentro di me e temevo tutti i movimenti che rischiassero di farla riaprire.

Quando ho conosciuto tuo padre avevo quasi ventotto anni.

La casa farmaceutica per cui lavoravo aveva sponsorizzato un congresso a Bologna, invitando molti medici. Avevo i capelli a caschetto e indossavo la divisa di ordinanza: un tailleur carta da zucchero. Non sono stata io a vedere lui, ma lui ad accorgersi di me.

Durante un *coffee break* ci siamo trovati vicini di tavolino. Lui stava discutendo animatamente con alcuni colleghi; erano tutti in giacca e cravatta, tuo padre invece era l'unico con il colletto aperto e il nodo della cravatta allentato; rispetto agli altri medici, tutti piuttosto smilzi, risaltava poi con la sua stazza da boscaiolo.

Il primo pensiero che ho avuto, guardandolo, è stato di disapprovazione per via della cravatta in disordine – giudizio che mia madre avrebbe di sicuro condiviso – e il secondo è stato di imbarazzo, per il suo essere palesemente fuori dai canoni di quell'ambiente. Chi mai avrebbe potuto innamorarsi di un tipo simile? mi sono chiesta. Ci siamo poi persi di vista per poi sfiorarci appena davanti al tavolo del rinfresco, il giorno dopo.

Il grande albergo che ospitava il congresso era lontano dal centro e io, non possedendo un'auto, dovevo servirmi dei mezzi pubblici. Quella sera l'autobus che avrei dovuto prendere per tornare a casa mi era sfrecciato davanti: non ero riuscita a raggiungerlo, malgrado una corsa affannosa per arrivare in tempo alla fermata, e così avevo avuto un moto di stizza; ero stanca e il giorno dopo mi aspettava un'altra giornata faticosa; dovevo avere un'espressione furente quando tuo padre aveva accostato la macchina, abbassando il finestrino.

«Vuole un passaggio?» mi aveva chiesto.

«Grazie, no. Non salgo sulle macchine di sconosciuti.»

«Ma se ci siamo visti poco fa al convegno! Sono un pediatra!»

«E io non sono una bambina» avevo risposto secca.

«Tutti rimaniamo un po' bambini» aveva sorriso, aprendo la portiera.

Il giorno dopo, mentre bevevamo un caffè al bar, gli avevo chiesto: «Perché tiene il nodo della cravatta allentato?».

«Perché mi sento soffocare.»

In quella risposta c'era già tutto lui.

Anche se la sua auto era un concentrato di disordine, non mi sono opposta quando, quella sera e la seguente, ha insistito per accompagnarmi a casa.

L'ultima volta è uscito dall'auto, per salutarmi.

«Dato che ormai so dove abita, potrebbe darmi anche il suo numero di telefono?»

«Per farne cosa?»

«Per non costringermi ad aspettare ore sotto casa come un poliziotto, sperando di vederla.»

Gliel'ho dato con riluttanza; per un attimo ho anche pensato di scrivere una cifra sbagliata: a casa c'era Latte che mi aspettava, avrei fatto un bagno caldo e poi mi sarei messa sul divano a leggere un bel libro con il gatto sulle gambe; non sentivo alcun bisogno di turbare l'ordine e l'equilibrio così faticosamente raggiunti, e poi non avrei permesso per nessuna ragione a un uomo così grande, rumoroso e maldestro di irrompere nella pace del mio appartamento. Invece, abituata per educazione e per forma mentale a obbedire, ho scandito il numero giusto, pentendomene già al momento di pronunciare l'ultima cifra.

La domenica seguente mi ha portato a fare una gita sulle colline parmensi. Ci siamo fermati a pranzare a Noceto e mentre divorava un piatto di gnocco fritto con la voracità di un orco mi ha raccontato di essere nato in un paesino di montagna del Molise, poche case su un cucuzzolo sommerso gran parte dell'anno dalla neve. I genitori gestivano un emporio, aveva due sorelle e un fratello e fin da piccolo il suo desiderio era stato quello di fare il dottore. Una volta il medico condotto era una figura importante nei paesi; se nascevi maschio e non volevi rassegnarti al destino di fatica e di gelo dei tuoi antenati avevi solo tre strade davanti a te: il carabiniere, il prete o il medico. Uno dei suoi fratelli, infatti, era proprio un carabiniere.

Davide invece era sceso ad Agnone a fare il liceo: ore di corriera ogni giorno; poi si era iscritto a Medicina a Campobasso e, grazie al presalario, era riuscito a laurearsi nei sei anni previsti. Aveva scelto pediatria perché all'epoca – erano i primi anni Settanta – la snobbavano tutti. Occuparsi dei piccoli sembrava poco importante, invece, mi ha spiegato infervorato, era l'attività più importante in assoluto.

Da quella domenica, abbiamo preso l'abitudine di fare delle gite insieme. La cosa che più mi colpiva, conoscendolo meglio, era la profonda passione che lo animava. Mi parlava di sé con il candore di un bambino, non c'era alcun sottointeso nelle sue parole, alcun ammiccamento, nessun esaltarsi e mettersi in mostra, nessun tentativo insomma di seduzione; avrebbe parlato nello stesso modo a un amico.

Tornavo a casa da queste escursioni smarrita e mi domandavo: Ma questo cosa vuole da me?

Ora potresti pensare a tuo padre come a un inguaribile narcisista dato che parlava sempre di sé, ma non era così; ogni volta che ci vedevamo mi chiedeva di raccontare qualcosa di me e io, ogni volta, mi chiudevo a riccio.

I nostri mondi erano così distanti!

Come era possibile, pensavo, mettere in contatto l'aristocratico palazzo ferrarese con l'aspro borgo molisano? E poi avevo chiuso il mio cuore in una cassaforte da così tanto tempo che mi ero scordata la combinazione.

Alla fine, una sera, avevo deciso di parlargli un po' di me, del mio gatto Latte, del mio lavoro, ammettendo che non mi appassionava particolarmente, e del fatto che avrei dovuto studiare Legge ma che mi ero rifiutata creando un grande disappunto in famiglia; non avevo fratelli e neppure cugini perché i miei genitori erano entrambi figli unici; per un periodo, da bambina, avevo avuto un criceto di nascosto dai miei, l'avevo chiamato Crick, ed era stato la mia unica compagnia. Davide mi ascoltava in silenzio con i gomiti sul tavolo e i pugni alle tempie, come fa spesso Ali.

«Certo, una vita molto triste» aveva concluso.

«Sì, piuttosto triste.»

È stato allora che tuo padre ha posato per la prima volta la sua grande mano sulla mia.

«Non credi che si possa cambiare?»

«E come?» gli avevo risposto e, in quel punto di domanda, avevo riconosciuto il sarcasmo sempre in agguato di mia madre.

Per un paio di settimane non si era fatto più sentire. Era riapparso poi per propormi non la solita gita ma una cena in un locale del centro. Era arrivato trafelato, con la borsa da dottore in mano. Aveva ordinato del buon vino e, nell'attesa delle tagliatelle, aveva alzato il calice, proponendo un brindisi.

«A cosa brindiamo?» avevo chiesto, mentre i bicchieri facevano *kling*.

Allora lui aveva aperto la borsa, tirando fuori un carciofo e me l'aveva offerto come fosse una rosa. Ero scoppiata a ridere.

«Brindiamo a un carciofo?»

«Certo, perché i carciofi sono pieni di spine all'esterno ma il loro cuore è dolcissimo.»

Ero arrossita in modo imbarazzante: nessuno fino a quel momento mi aveva vista con tanta chiarezza.

«Signorina» aveva sorriso Davide, «lei ha un attacco di dermatite da stress.»

Sentivo le guance bollire.

«Ne conosce la ragione?»

Avevo detto sì e no nello stesso tempo con il capo.

«Perché questa è una proposta di fidanzamento.»

«Fidanzamento?» avevo ripetuto sbalordita. «Ma se non si fidanza più nessuno!»

«Certo, bisogna essere anticonformisti. Tu non hai detto di esserlo?»

Quella sera non gli avevo risposto né sì né no, avevamo lasciato così tutto in sospeso: per un mese non mi aveva chiamata, né io l'avevo cercato. A volte ero stata tentata di farlo ma al momento di comporre il suo numero mi fermavo.

Ero ripiombata nel solito tran tran zitellesco ma in quella monotonia si stavano insinuando nuovi pensieri. Avevo rivissuto l'amore lancinante della mia adolescenza: era stata una fiamma che mi aveva avvolto e solo quando si era estinta, lasciandomi coperta di ustioni, avevo capito che quel fuoco aveva bruciato solo me; io non ero stata altro che la povera falena e quel ragazzo la fiamma dentro la quale mi ero immolata, e dove molte altre falene si sarebbero ustionate dopo di me.

Una volta, una collega piuttosto esperta in questioni sentimentali mi aveva esposto una teoria. In questo campo, sosteneva, si procede sempre per moti alterni: il fuoco brucia la falena e, dopo il fuoco, per placare il dolore, arriva l'unguento lenitivo. L'unguento è quell'amico paziente e segretamente innamorato di te che viene in tuo soccorso e ti cosparge le ustioni con un balsamo calmante; tu non lo ami e non potrai mai amarlo ma, intanto, gli sei grata perché lenisce le tue piaghe, ti tiene compagnia, esaudisce ogni tuo desiderio e ti guarda con gli occhi adoranti di un cocker; tu con lui sei dolce, arrendevole, e questo lo illude che il vostro amore sarà eterno; nella sua cecità, non si accorge che le ali ti stanno ricrescendo e che, appena sarai in grado di dispiegarle, ti lancerai di nuovo verso la prima fiamma che vedrai balenarti davanti agli occhi.

«In *Via col vento* è spiegato tutto» aveva concluso la mia amica. «C'è Rhett Butler e c'è Ashley, c'è Melania e c'è Rossella. Noi donne siamo pendoli destinati a oscillare senza sosta tra queste due opzioni; qualcuno poi si stanca e si trasforma in Melania ma in noi sempre e comunque sonnecchia Rossella.»

Davide era Ashley? mi domandavo allora. E io mi ero forse trasformata nella melensa Melania? Ma il tuo futuro padre non era un unguento venuto a lenire le ferite, non sapeva nulla del ragazzo che mi aveva spezzato il cuore: erano passati ormai dieci anni, non era più possibile scorgere neppure l'ombra di una bruciatura; e io non ero altro che una biologa solitaria, totalmente apatica nei confronti del prossimo.

Chi era allora davvero Davide?

Nelle caselle della mia mente non riuscivo a sistemarlo in nessun quadratino. Se avesse voluto soltanto una notte di sesso, avrebbe già manifestato questa sua intenzione. Che cosa voleva da me, allora? Cosa vedeva in me? E io, cosa vedevo in lui?

E se, oltre alle due opzioni Rhett/Ashley, ce ne fosse stata una terza a me ancora sconosciuta, com'era sconosciuta agli esploratori di un tempo la sorgente del Nilo?

Un giorno, in quanto donna, probabilmente ti troverai anche tu a bruciarti le ali o a imboccare strade che non conducono da nessuna parte e io soffrirò, perché i genitori vorrebbero sempre risparmiare dolori inutili ai figli, però quello che cominciavo a intravedere dall'incontro con tuo padre era che potesse davvero esistere anche una terza tipologia di uomo.

L'uomo Lego.

Ti fa ridere?

Eppure chi è l'uomo Lego, se non Davide? Uno che ha in mente di edificare una casa e, con dedizione, mattone dopo mattone, la costruisce e, se momentaneamente non riesce a trovare un pezzo, ha la perseveranza di continuare a cercarlo; scava le fondamenta, costruisce le mura, mette i vetri e le persiane alle finestre e infine da ultimo, sul tetto, fa svettare un comignolo che fuma. Quando ci eravamo incontrati, non ero stata in grado di capirlo perché a quell'epoca non c'era nessun uomo Lego nel mio ambiente e anche dopo, quando ci stavamo frequentando, ho impiegato un bel po' di tempo per capire cosa facesse di lui una persona per me importante.

Se la nostra famiglia va ancora avanti, seppure con tutti i problemi che sappiamo, è perché tuo padre è così, perché anche alle soglie del naufragio lui è sempre in grado di vedere il faro che indica l'insenatura dove metterci in salvo.

E sai una cosa, Ginevra?

Con gli anni, con il tempo e con l'amore di tutti voi, ho capito di essere anch'io una donna Lego perché la vita ha davvero senso quando impari a edificare il tuo tempo.

Dopo la cena con il carciofo, Davide era scomparso.

Per un mese non ci eravamo né sentiti né visti; la solitudine mi stava fagocitando, non potevo chiedere consiglio a nessuno, non avevo abbastanza intimità e confidenza con le persone che conoscevo. All'orizzonte del fidanzamento, si stagliava l'incubo di un matrimonio e l'unico di cui ero stata stretta testimone era quello dal quale ero stata generata.

Ora che ero diventata adulta, però, dovevo ammettere a me stessa che quell'unione, per me fonte di infelicità, non lo era stata affatto per mio padre e mia madre che sembravano fatti l'uno per l'altra.

Come sarebbe stata la loro vita, se non si fossero incontrati? La prima indiscussa evidenza era che, senza il loro incontro, non ci sarei stata io: e se nella mia sbiadita adolescenza molte volte avevo pensato che sarebbe stato meglio non esserci, ora grazie alle nuove emozioni che sentivo crescere dentro di me iniziavo a sospettare che fosse meglio il contrario.

Alla fine, sai cosa ho fatto? Quello che fanno tutte le figlie, per quanto ribelli, nei momenti complicati. Ho telefonato a mia madre, le ho raccontato della proposta di fidanzamento e le ho detto che lui era uno stimato dottore.

«Se ti piace, sposalo» mi ha detto dopo un breve silenzio. «La solitudine non porta mai felicità.»

Il giorno dopo sono andata all'ospedale e l'ho aspettato davanti alla sua auto.

«Allora?» mi ha chiesto, vedendomi.

«Allora è sì.»

Una settimana dopo mi ha regalato l'anello di fidanzamento.

E adesso, cara Ginevra, arriva una parte che per te sarà molto difficile da comprendere ma che, spero, ti strapperà qualche sorriso. I tempi attuali, in cui voi siete cresciute, sono i tempi della fluidità: le identità sono pallide e interscambiabili, non ha più molta importanza il luogo dove una persona è nata, da quale livello sociale proviene, ma pochi decenni fa non era così. Allora i sempre più rari matrimoni avvenivano perlopiù per osmosi ambientale, quelli che osavano scavalcare questo limite sembravano condannati a un inevitabile fallimento. Una volta si parlava di «classe sociale» ma ora a me sembra molto più giusto definirla «tribù». Ogni tribù ha i suoi costumi e quando due membri di tribù diverse si incontrano, ci vogliono buona volontà e umorismo per discernere ciò che è importante da ciò che è soltanto un inevitabile residuo della tribalità originaria.

Avevo comunicato ai miei che Davide era un medico, ma non avevo aggiunto che veniva dalle montagne dell'Italia meridionale, che, invece di giocare a tennis, da ragazzo aveva suonato il clarinetto nella banda del paese, che tutte le donne della sua famiglia facevano parte di non so quale confraternita religiosa e che si vestivano – secondo i canoni ferraresi – in modo agghiacciante.

Sai cosa ho capito in quei mesi?

Che il supporre di essere in qualche modo superiori dona una rigidità che impedisce di godere la vita.

Per mio padre e mia madre, uscire dal loro mondo era quasi lesa maestà: i codici della loro tribù erano molto rigorosi e non avevano mai pensato di poter/dover intrattenere relazioni di una certa intimità con persone che tua nonna riteneva ordinarie, cioè immerse in un mondo di ovvie banalità. Ma forse, in un luogo segreto della loro mente, fin dal fallimento di Poggio Imperiale nutrivano la certezza che quello prima o poi sarebbe stato il mio destino di BB. Una bambina banale che avrebbe sposato un uomo banale, con suoceri banali, e che avrebbe messo al mondo bambini ancora più banali.

Qual era, dunque, la prima cosa da fare, per non sparigliare subito il mazzo di carte? Davide non aveva dubbi. Doveva venire a conoscere i miei e chiedere a mio padre il permesso di sposarmi. Ho cercato di dissuaderlo in ogni modo.

«Non siamo più nel Medioevo! Sono una donna adulta, perfettamente in grado di fare da sola le mie scelte.»

Conosci la testardaggine di tuo padre, no? Niente lo ha fatto recedere dal suo proposito.

«Almeno vestiti con cura» gli avevo suggerito, con discrezione. «I miei ci tengono a queste cose.»

Il giorno temuto si è presentato a casa nostra con un enorme mazzo di fiori per mia madre, indossando un completo talmente stretto da farlo sembrare un rugbista che avesse preso a prestito il vestito del fratello minore e anche i bottoni della camicia, seppur completa di cravatta, sembravano sul punto di esplodere.

Quando Davide ha fatto la richiesta formale, mio padre è scoppiato a ridere: «Non sono io che deve sposare, ma mia figlia. Lo chieda a lei!».

Il giorno dopo, mia madre mi ha telefonato in un orario inusuale. «Sei proprio sicura di questo Davide? Ho avuto l'impressione che ami più il suo lavoro di te. Prima o poi ti annoierai, con lui. I matrimoni noiosi sono da fuggire come la peste.»

«A me è il vostro matrimonio a sembrare noiosissimo» le ho risposto, buttando giù il telefono.

Raccontandoti questo, cara Ginevra, sono perfettamente consapevole che anche tu, un giorno, potrai rispondermi allo stesso modo e io non potrò fare che una sola cosa.

Accettarlo.

Ben diversa è stata l'accoglienza che ho ricevuto io a casa dei genitori di Davide. Sua madre e le sue sorelle avevano cucinato manicaretti per giorni interi; non stavano nella pelle dal desiderio di incontrarmi e non facevano nulla per nasconderlo; mi hanno baciato tutte sulle guance come fossimo amiche da tempo, invitandomi con insistenza ad assaggiare le loro delizie.

Abbiamo passato l'intero fine settimana al paese natale di tuo padre. Dato che il tempo era bello, ha voluto portarmi a esplorare i suoi luoghi più amati; perdendomi con lo sguardo in quei monti azzurrini io, che portavo dentro di me l'opacità delle nebbie ferraresi, ho iniziato a capire quanto l'ambiente natìo sia in grado di influenzare il carattere delle persone. Tanto io ero nata eternamente scontenta, incerta anche sul più piccolo gesto da fare, altrettanto Davide, cresciuto dominando il mondo da lassù, era un uomo sicuro di sé, capace di distinguere il valore delle cose e di compiere delle scelte sotto una sola luce, quella della bontà.

Proprio lì, davanti a quel panorama di pace e di silenzio, avevamo deciso la data. Ci saremmo sposati nel mese di maggio dell'anno seguente.

«Sarete due fiori e tutto sarà fiorito intorno a voi» aveva detto la madre di Davide.

Molto diverso era stato il commento al telefono della mia. Anche perché, oltre alla data, avevo dovuto comunicarle che la cerimonia si sarebbe svolta in Molise.

«Molise dove?»

«A Capracotta, il paese natale di Davide.»

Il matrimonio aveva costretto le nostre vite a una brusca accelerata: avevo dovuto rinunciare al mio lavoro per seguire il mio futuro marito a Parma e in più dovevamo trovare una casa adatta a una coppia, magari vicina all'ospedale dove lavorava Davide, e con una stanza in più per quando la famiglia si sarebbe allargata; dovevo cominciare ad abbandonare i miei quieti riti da single e ogni tanto, devo confessarlo, ero presa dal panico. Fino a quel momento avevo gestito la mia vita con precisione quasi maniacale, il salto a cui mi stavo preparando non mi pareva molto diverso da quello di un trapezista senza rete. E se, in volo, avessi mancato l'altro trapezio, cosa sarebbe successo? Avrei potuto ricostruire passo dopo passo la mia vita di prima? Tornare indietro era davvero possibile?

Inutile che ti neghi che ero davvero spaventata, non mi sentivo assolutamente all'altezza delle aspettative di Davide: diventare la moglie di qualcuno e scodellare dei figli non era mai stato un programma di vita al quale avrei immaginato di poter partecipare. Infatti, qualche settimana dopo il nostro incontro decisivo nel parcheggio dell'ospedale, avevo osato dirgli: «Non sarebbe meglio cominciare piano, piano, per gradi? Magari prima conviviamo...».

Ma lui era stato ferreo.

«Si prova un vestito in un negozio, non una persona con cui si desidera condividere la vita.»

Dato che la mia famiglia di origine era costituita da una coppia adorante con l'appendice di una figlia, mi era davvero difficile immaginare che cosa volesse dire vivere insieme in una maniera diversa; nei giorni positivi, dicevo a me stessa che avrei avuto modo di essere una madre diversa dalla mia, avrei avuto tanti figli, tutti amatissimi; ma nei giorni no, mi domandavo come avrei fatto ad amare un figlio dato che non riuscivo neppure ad amare me stessa.

«Se vuoi convivere» aveva puntualizzato tuo padre, «vuol dire che in futuro immagini di poter incontrare qualcuno migliore di me. Io invece non ho questo pensiero. Per me sarai sempre la sola e l'unica.»

Nel frattempo, la grande macchina matrimoniale a Capracotta si era messa in moto e sarebbe stato impossibile anche solo accennare un passo indietro. Anche se per tradizione sarebbe stato a carico del padre della sposa, il ricevimento si sarebbe svolto nel luogo delle nozze, e così diverse volte Davide e io eravamo tornati in Molise per organizzare il grande giorno.

La madre e le sorelle tenevano in cucina un elenco delle persone da invitare, che a ogni visita si allungava. Quando salivo in macchina per tornare a Bologna venivo regolarmente rifornita di una busta piena di caciocavalli per i miei genitori.

Nella mia ipocrisia sociale – che, nonostante la mia ribellione, aleggiava comunque dentro di me – ho esitato un bel po' prima di offrire quei succulenti doni ai miei genitori, ma poi ho pensato che se i miei suoceri avessero chiesto loro, al matrimonio, se li avessero graditi, che figura avrei fatto? Così un giorno sono andata a Ferrara e ho deposto quel profumato carico sul tavolo della cucina, dicendo: «Da parte dei genitori di Davide. Caciocavallo di Capracotta, specialità della zona».

Se la questione ristorante era tutta in mano ai miei suoceri, l'abito da sposa ricadeva sulle spalle di mia madre. A febbraio siamo andate dal miglior sarto di Ferrara, ci ha proposto varie ipotesi e alla fine la scelta migliore è sembrata a mia madre un tailleur color panna; anch'io mi sarei sentita a mio agio in quel completo ma mi rendevo conto che quell'austera sobrietà non sarebbe stata per niente apprezzata dalla folla che mi attendeva a Capracotta. Così lì, davanti al sarto, ho dovuto confessare la cosa che fino a quel momento avevo taciuto: si sarebbe trattato di un matrimonio religioso.

«Allora tutto cambia» ha detto lo stilista facendosi portare un altro catalogo di abiti nuziali. Erano tutti molto più pretenziosi, mia madre li ha osservati con un sopracciglio alzato e io non ho saputo prendere una decisione; così abbiamo rimandato la scelta a un altro giorno.

«Non vorrai mica sembrare una meringa?» mi ha detto mia madre, sulle scale.

«Certo che no.»

In quel momento ci siamo sentite proprio madre e figlia.

A questo punto la nostra storia – quella della famiglia che abbiamo formato con tuo padre – deve allargarsi a quella dei nonni, dei bisnonni, dei trisavoli ritratti alle pareti della casa di Ferrara. Che fossero stati dei nobili latifondisti lo sai già, anche se di tutte quelle terre è rimasto ormai solo un giardino, ma forse ignori che erano anche grandi patrioti, membri attivi del Risorgimento, sostenitori di una nazione modernamente laica. Per quanto riguarda mio padre, tuo nonno, pur essendo soltanto un borghese, condivideva lo stesso *humus* di libero pensatore, per questa ragione non sono stata battezzata e, a scuola, sono stata esentata dal frequentare l'ora di religione.

«Ma sei ebrea?» mi aveva domandato una compagna, in seconda elementare; non avevo saputo cosa rispondere ma, appena tornata, a casa l'avevo chiesto ai miei genitori durante il pranzo.

«No» aveva risposto mio padre. «Siamo agnostici, liberi pensatori.»

Così il giorno dopo ero tornata a scuola e avevo ripetuto questa frase sibillina, ma per parecchio tempo, nel silenzio della mia stanza, avevo avuto modo di riflettere su quella definizione; a sette anni non avevo la minima idea di cosa significasse agnostici, però non potevo non domandarmi in che modo si potesse pensare e non essere liberi: i pensieri stavano nella nostra testa, non erano molto diversi dagli uccelli, volavano dove volevano, com'era possibile che qualcuno li tenesse prigionieri? Si potevano mettere sbarre a ciò che ci frullava in testa?

A dire il vero, la madre di mia madre era ebrea, ma era morta quando io ero piccola e di lei, a parte la voce un po' cantilenante, non ricordo altro. Nessuno dava molta importanza a questo in famiglia e quando, un po' più grande, avevo chiesto a mia madre la ragione, mi aveva risposto che noi eravamo «senza religione» perché la nostra religione era quella dell'umanità priva di condizionamenti. Devo confessarti che tanto i liberi pensatori mi avevano dato in fondo una specie di leggerezza, altrettanto questa definizione, per il suo aspetto privativo «senza», si era trasformata in una sorta di invisibile giogo messo sulle mie spalle.

Ero stata invitata qualche volta alle prime comunioni e alle cresime delle mie compagne di scuola; non avevo la minima idea di cosa stesse succedendo intorno a me, tuttavia mi sembrava che in tutto quel movimento rituale ci fosse dell'allegria, della felicità, mentre il «senza» che gravava sulla mia testa mi avrebbe tenuta per sempre lontana da quelle dimensioni della vita.

Puoi dunque immaginare il baratro cui sono precipitata quando ho capito che per Davide e la sua famiglia l'unico matrimonio possibile era quello religioso.

Non mi ero mai interrogata prima sul senso di tutto ciò ma di una cosa ero assolutamente certa: nella mia condizione di «senza religione» non avrei mai potuto indossare l'abito bianco e accostarmi all'altare.

Non sai quanti mesi di insonnia prima di confessarlo a tuo padre! E più la preparazione andava avanti, più diventava difficile dirlo. Così, in una domenica di pioggia, ho convocato Davide a casa mia.

«Ti vedo nervosa» ha detto entrando; e lo ero perché, per sostenermi nella prova, avevo bevuto diversi bicchieri di whisky.

Sono andata subito al dunque.

«Ti devo dire una cosa importante.»

Tuo padre si è irrigidito e ha fatto un gesto secco con le mani.

«Del prima non voglio sapere niente.»

«Non è del prima che ti devo parlare, ma del dopo.»

«Hai cambiato idea?» ha chiesto allora, terreo in volto, e io ho dovuto confessare l'abissale impedimento.

Non ero mai stata battezzata, non ero cattolica.

«Non possiamo tornare indietro» è stato il suo primo commento: c'era la lista sul tavolo della cucina che si allungava di giorno in giorno, ormai erano inclusi anche i cugini di quarto grado; c'era la gioia di una famiglia e di una comunità. Un matrimonio civile, che avrebbe reso felicissimi i miei, avrebbe gettato in uno stato confusionale quelli di Davide e questo smarrimento avrebbe potuto provocare una forma di inconscio rifiuto da parte della sua famiglia.

Nel corso della nostra vita insieme, quando rievochiamo quel periodo, lo chiamiamo quello dei «promessi sposi»: ci amavamo, come Renzo e Lucia, ma anche tra noi, come per loro, c'era un ostacolo che rischiava di diventare davvero insormontabile.

Io ero comunque una libera pensatrice e non mi sarei mai piegata a scimmiottare una conversione che era lontana mille miglia dal mio cuore. Sarebbe stata in fondo la via più semplice da percorrere, avrei trovato un prete accondiscendente da quelle parti, avrei fatto in poco tempo battesimo, cresima, comunione, ottenendo così le carte necessarie per procedere a testa alta verso l'altare. Per me però era impossibile.

«Tutta la vita sono fuggita dall'ipocrisia, capisci?» gridavo a Davide «e adesso, per una convenzione...»

«Quella che per te è una convenzione, per altri non lo è.»

«Vuoi cambiarmi? Vuoi che sia diversa da quella che sono?»

«Assolutamente no. Mi sono innamorato di un carciofo, mica di una rosa cresciuta in una serra.»

Ma una soluzione dovevamo per forza trovarla.

Davide aveva un cugino monaco e si era rivolto a lui: il cugino ne aveva parlato con il vescovo locale e la settimana seguente l'alto prelato ci aveva ricevuti.

La notte prima non avevo dormito per la preoccupazione: alle soglie del Duemila dovevo andare a trovare uno sconosciuto per avere il permesso di vivere con l'uomo che amavo. Ma perché non mi ero innamorata di un torinese, di un trentino? mi ripetevo.

«Non so proprio cosa dire» avevo sussurrato a tuo padre salendo le scale del Vescovado.

«Allora ascolta.»

L'ufficio del vescovo era una stanza sobria, e sobrio sembrava anche lui. Il segretario gli aveva già spiegato il caso. Aveva parlato prima con Davide del suo lavoro e dopo con me, del mio. Ero contenta? Era quello che volevo fare davvero nella vita? Gli avevo risposto accennando alle mie insoddisfazioni verso un mondo sempre più competitivo. Era rimasto un po' in silenzio, giocherellando con una matita.

«La scelta di non far parte della Chiesa non è stata sua, ma dei suoi genitori, giusto?»

«Sì.»

«Si è fatta domande in merito?»

«No, nella mia famiglia non si parla di queste cose.»

«Per la Chiesa l'amore coniugale è nella buona e nella cattiva sorte, e dura tutta la vita» aveva continuato. «Lei ama Davide? È pronta ad assumersi questa responsabilità e viverla con lui?»

Avevo detto di sì e così avevo ottenuto la dispensa dal battesimo, necessaria per poter celebrare il matrimonio in chiesa.

In auto, sulla via di ritorno da Campobasso, avevamo discusso, ero turbata: com'era possibile che una persona ignara delle formule della preghiera come me, una persona priva di qualsiasi tipo di appartenenza e di timbro di qualità potesse partecipare a un rito così, come se niente fosse?

Oltre che turbata ero anche un po' indignata.

Mi aspettavo qualcosa di più inquisitorio, di più umiliante e invece il vescovo aveva solo voluto sapere se amavo tuo padre e se credevo di poterlo amare tutta la vita.

Anche i miei genitori erano rimasti molto sorpresi dalla dispensa; in fondo, fino all'ultimo, avevano segretamente sperato che quell'impedimento li avrebbe sottratti dal temuto matrimonio a Capracotta.

«Com'è possibile?» mi aveva chiesto mia madre. «Tu non sei cattolica.»

Non le ho riferito le esatte parole del vescovo quando gli avevo rivolto la stessa domanda.

«La Chiesa vive nel tempo ma è sempre affacciata sull'Eterno. Per questo ha pazienza.»

Avevamo poi dovuto confessare il «delitto» ai genitori di Davide dato che, non essendo battezzata, non avrei fatto la comunione durante la cerimonia, ma eravamo riusciti a rassicurarli sul fatto che si sarebbe trattato di un vero matrimonio religioso.

Quella «pecca» nel mio *pedigree* aveva lasciato perplessi i miei suoceri, direi quasi addolorati, ma non avevano fatto alcun commento che potesse ferirmi in qualche modo.

Come esiste una scala di gradazione per i terremoti, così esiste una scala di gradazione per gli eventi stressanti, e in questa scala, subito dopo il lutto, viene il matrimonio. E in qualche modo il matrimonio lo è davvero, perché perdi una parte di te e non sai quale nascerà al suo posto.

Per mesi, piena di ansia, ho proiettato l'evento nella mia mente – un *trailer* ripetuto per un numero infinito di volte – fino al giorno in cui il *trailer* si è trasformato in una vera e propria scena da film.

Maggio 1987.

Mio padre, elegantissimo, mi accompagna lungo la navata, le mie gambe tremano in modo incontrollato, la chiesa è strapiena, l'organo suona la marcia nuziale di Mendelssohn e Davide, con un vestito scuro, finalmente della taglia giusta, mi aspetta all'altare.

Per me la messa costituiva il rito di una tribù sconosciuta, ma quando ho visto Davide irradiare una luce sconosciuta, quando ci siamo scambiati gli anelli, promettendoci amore nel bene e nel male, in salute e in malattia, fino a che morte non ci separi, il tappo che reprimeva la mia emotività è saltato e sono scoppiata a piangere.

Il sorriso mi è tornato soltanto quando abbiamo dovuto difenderci da un'abbondante pioggia di riso all'esterno, dove ci aspettava la banda del paese.

Un corteo di macchine strombazzanti ci ha poi

scortato al ristorante; l'abbondanza delle libagioni ha lentamente sciolto anche la rigidità dei miei genitori; faceva molto caldo e prima del taglio della torta mio padre si è slacciato il bottone della camicia, allentando anche la cravatta, mentre mia madre, rossa in viso, ha iniziato a battere le mani ripetendo: «Bacio! Bacio!».

Dunque è vero che il nostro mondo è formato da tante tribù diverse ma è anche vero che tutte appartengono alla famiglia umana e, davanti alla vita che continua, questa comunità non può che essere felice.

Il giorno della partenza, congedandosi dai consuoceri, i miei erano addirittura passati dalla formale stretta di mano a un caloroso abbraccio, con tanto di bacio sulle guance: mia madre, che ha sempre cucinato poco e con sdegno, aveva in mano una serie di ricette della mamma di Davide e mio padre era ormai in grado di disquisire di pecore e capre come faceva sui sigari con gli amici del Rotary.

Queste memorie, che sembrano appartenere a secoli fa, ti avranno divertita o annoiata?

Sai, mi sono spesso trovata a riflettere sul fatto che, di solito, sappiamo poco o niente dei nostri genitori: esistono da prima di noi e questo ci basta; difficilmente abbiamo curiosità o voglia di far domande; di loro, in particolare nell'adolescenza, vediamo soprattutto le mancanze, i difetti, senza essere minimamente sfiorati dal pensiero che quegli stessi difetti un giorno saranno i nostri; non ci viene in mente di chiedere loro chi erano davvero prima di metterci al mondo.

In qualche modo i genitori sono una sorta di fondale dipinto di una scenografia, non sembrano aver avuto una vita indipendente dalla nostra; e più la famiglia è chiusa, più è riservata, più queste domande diventano impensabili.

Soltanto dopo il matrimonio avevo iniziato a interrogarmi su chi fosse veramente mia madre, su che uomo fosse mio padre, ma ero così presa dalla mia vita che non avevo avuto il tempo di immaginare le domande; anche perché in fondo rimaniamo sempre un po' bambini e l'illusione che i genitori siano eterni ci accompagna fino al giorno del loro funerale quando, sgomenti davanti a quella bara chiusa per sempre, scopriamo che non potremo più chiedere loro nulla.

Comunque, a Parma, eravamo andati ad abitare nella casa nuova, quella in cui sei nata tu. Tuo padre era un pediatra sempre più stimato e stava iniziando una bella carriera ospedaliera; viaggiava abbastanza per seguire corsi di aggiornamento; se avesse voluto aprire uno studio privato, la sala d'attesa sarebbe stata sempre piena ma lui allora non prendeva in considerazione questa opzione.

Nel frattempo, io mi ero stufata del mio lavoro alla casa farmaceutica; della carriera non mi importava proprio nulla così, dopo aver parlato con Davide, avevo deciso di mollare tutto e di prendere l'abilitazione per poter insegnare matematica e scienze in qualche scuola media o in qualche liceo.

Tuo padre aveva condiviso la mia scelta: «Dove c'è

la realtà umana, c'è sempre la ricchezza della vita. Dove c'è competizione, c'è amore per il potere e per il denaro». Un attaccamento che, secondo lui, non poteva portare alcun tipo di felicità.

E infatti, riprendendo in mano i libri di biologia per i concorsi, mi era tornata la passione per quelle materie: insegnare non è stato un ripiego di comodo ma piuttosto il recupero di una parte importante di me.

I rapporti Ferrara-Capracotta continuavano con una cordiale distanza. Per ragioni geografiche, vedevamo più i miei che i suoi ma la Pasqua a Capracotta era obbligatoria, come anche le due settimane nel periodo estivo.

Mio padre cercava di intrattenere una sorta di cameratismo maschile con Davide e quando andavamo in visita a Ferrara parlava per lo più di politica senza accorgersi che suo genero non era molto interessato all'argomento. Mia madre, invece, non si sforzava molto per apparire cordiale; nella sua pupilla vedevo sempre riflessa l'immagine di aitanti figli di famiglie amiche che avrebbe voluto vedere al mio fianco, al posto dell'ingombrante molisano.

«Sei felice?» mi bisbigliava ogni tanto.

«Felicissima» rispondevo e quel superlativo la avviliva perché sembrava cancellare qualsiasi altro tipo di ipotesi: in fondo in fondo, pensavo che una separazione o un divorzio sarebbero stati per lei motivo di sollievo.

Quattro anni dopo le nozze abbiamo cominciato a «cercarti», come si usa dire, ma tu non avevi nessuna voglia di farti trovare così, nel dubbio che tu non saresti mai venuta, tuo padre e io abbiamo iniziato le pratiche per l'adozione di Ali.

Una decisione accolta dai miei con una certa freddezza.

«Perché tanta fretta?» aveva chiesto mia madre, mentre mio padre si era informato sulla nazionalità.

«India» aveva risposto Davide e il nonno aveva approvato come se si trattasse della qualità di un vino.

«Ottima scelta! Paese di antica cultura e poi le ragazze indiane sono alquanto affascinanti.»

Pochi anni dopo è arrivata Alisha, aveva quasi quattro anni, non conosceva una sola parola di italiano ma già da allora irradiava una spontanea allegria: per lei non esistevano barriere, limitazioni, ritrosie.

I miei sono stati i primi a conoscerla.

Le avevo spiegato che saremmo andati a trovare i nonni e lei, appena arrivata, dopo una breve esitazione si è gettata tra le loro braccia, ricevendone in cambio una reazione formalmente ineccepibile ma umanamente gelida.

«Imparerà a parlare?» aveva chiesto mia madre.

«Sa già parlare» le aveva risposto Davide, con una nota di insofferenza nella voce.

«Intendevo l'italiano.»

«I bambini imparano subito.»

Di tutto altro tenore era stata la reazione dei nonni paterni, l'estate dopo.

Per accoglierla degnamente, la famiglia si era raccolta al gran completo, preparando tanto di quel cibo da sfamare un esercito: Alisha non era stata trattata come una minacciosa incognita venuta da lontano ma come una creatura da accogliere con entusiasmo. La passione tra i tuoi nonni paterni e Ali era sbocciata subito. Il padre di Davide l'aveva portata a vedere le galline, l'orto, la stalla con le pecore, e lei si era immediatamente ritrovata circondata da una realtà che le era più familiare.

Anche quando siete diventate più grandi, vi siete in qualche modo «spartite» i nonni. Tu, il più possibile a Ferrara; lei, il più possibile a Capracotta.

Osservando questa immediata evidente separazione tra di voi, ho compreso quanto la genealogia possa portare con sé il dono di stabilità: nel mistero della nascita è racchiusa l'impossibilità di una scelta, e questo vale tanto per il figlio quanto per i genitori. Può succedere che, nel tempo, si manifestino incompatibilità caratteriali, divergenze alle quali è possibile rimediare con la pazienza e l'educazione, ma ci possono essere anche inconciliabilità capaci di crescere a dismisura, fino a trasformarsi in un parassita che lentamente erode qualsiasi possibilità di rapporto: è a questo punto che è importante guardare indietro, arrivare ai nonni, ai bisnonni, risalire controcorrente fino a riconoscere l'origine di quel nodo, perché soltanto individuandolo, si può sperare di scioglierlo evitando così che si tramandi e che crei un'infelicità capace di devastare altre generazioni.

C'è l'implacabilità della genetica dentro di noi, e

questa implacabilità ci parla di un immenso rompicapo.

A questo punto tu potresti obiettare che, geneticamente, Alisha non ha alcun punto di contatto con noi; vero, ma a Capracotta Ali ha riconosciuto un mondo che le apparteneva in quanto essere umano, una dimensione di vita ancora regolata dalla circolarità del tempo e dai ritmi che questa circolarità impone: i ritmi della morte e della nascita, e dunque quelli della fragilità e della forza che nascono dalla consapevolezza di questa alternanza.

Il mondo da cui proviene Alisha è fortemente segnato da una dimensione trascendente: in questo breve spazio di luce ogni creatura deve trovare un senso.

Un tempo forse era così anche nel nostro mondo, ma oggi la nudità dell'essere è scomparsa e, per coprire questa nudità, è stato costruito un castello di interpretazioni, e interpretazioni delle interpretazioni, e ancora interpretazioni delle interpretazioni delle interpretazioni; ma quando la morte bussa alle porta – e inevitabilmente bussa alla porta di tutti – tutte le interpretazioni si sgretolano e ci si trova di colpo di fronte al baratro che ci attende.

Ricordi quello che ti aveva detto Alisha, anni fa, durante una passeggiata in montagna?

«Noi siamo come vasetti di yogurt, nasciamo con già la data di scadenza scritta sul coperchio. Solo che c'è un problema...»

«Quale?»

«Che nessuno di noi è in grado di leggerla. Puoi

essere anche ricchissimo e potentissimo, ma quando arriverà la scadenza non potrai mai saperlo.»

Avevi circa dodici anni. «Ma è orribile» avevi commentato.

Ricordi la risposta di Ali?

«È la vita.»

Durante la mia adolescenza, quando mi trovavo a riflettere su queste cose, spesso venivo presa da un grande sconforto; è stato tuo nonno, mio padre, un giorno a offrirmi la via d'uscita da quello che mi sembrava un ineludibile scandalo.

«Vedi» mi aveva detto, «gli animali sono in qualche modo succubi di questo ciclo; nel momento in cui si indeboliscono, inevitabilmente arriva la fine; quasi nessun animale per quanto grande, per quanto selvaggio, muore di vecchiaia nella sua tana. Ma noi, a differenza loro, abbiamo la possibilità di autodeterminarci: non sono io a decidere di nascere, questo non è in mio potere, ma posso benissimo decidere quando andarmene.»

«E come?»

«Con il suicidio. Quando per qualsiasi ragione ne abbiamo abbastanza, possiamo dire: "Basta! Partita chiusa".»

Non ho avuto coraggio allora di chiedergli se questo principio valesse anche per lui, cioè se un giorno, tornando a casa, avrei trovato il suo corpo esanime riverso sul pavimento o l'avrei visto pendere da qualche trave del soffitto nella nostra casa in montagna.

Del resto in famiglia c'era un precedente – ecco i

nodi nascosti nella tessitura: il fratello di mio padre, tempo addietro, aveva preso una rivoltella e si era sparato un colpo in mezzo alla fronte davanti a tutta la famiglia; ne avevo sentito parlare solo di sfuggita, non erano cose che amassimo ricordare, ma mi era rimasto quel rovello: capire perché a quarant'anni mio zio avesse deciso di chiudere la partita.

Oltre a quel rovello, ne avevo un altro.

Anch'io un giorno avrei potuto dire basta; avevo circa sedici anni e l'idea del suicidio si affacciava spesso nei miei pensieri, e andavo anche più in là: in che modo avrei potuto farlo? mi chiedevo. L'arma da fuoco mi sembrava piuttosto improbabile; tagliarsi le vene andava molto di moda, ma il sangue mi faceva impressione. I sonniferi? Chi mai me li avrebbe dati? Data la vicinanza con il Po, alla fine avevo deciso per l'annegamento: mi sarei legata dei pietroni alle gambe e al collo e sarei saltata giù da un ponte; ci avrebbero impiegato mesi per trovarmi scandagliando tutti i rami del delta; forse non ci sarebbero mai riusciti, ciò che rimaneva del mio corpo si sarebbe disperso nell'immensità dell'Adriatico; ma anche se con un colpo di fortuna, dragando e dragando, fossero riusciti a trovarmi, non avrebbero mai potuto capire se si trattava davvero di me o di qualche altra disgraziata che stavano cercando da tempo; all'epoca non si sapeva nulla del Dna, per scoprire un'identità ci si affidava all'impronta dei denti. A queste mie lugubri elucubrazioni, si aggiungeva l'immancabile finale.

Il funerale.

Naturalmente non in chiesa – eravamo «senza religione» – ma direttamente al camposanto, come si vede nei film americani. Chi si sarebbe raccolto intorno a quella fossa? La risposta che mi davo era veloce e secca come una fucilata.

A parte i miei genitori, nessuno.

Fossi morta in un incidente stradale, sarebbe venuta almeno la mia classe ma, dopo mesi di ricerca sui fondali, di fronte a una poltiglia di resti che forse non erano neppure i miei, chi si sarebbe sognato di venire a lasciare un mazzo di fiori sulla mia bara?

La solitudine che provavo in quegli anni poteva essere immensa; sommata alla mia sensibilità e alla freddezza dei miei genitori era capace di produrre questi mostri interiori.

Spesso, da quando sei entrata nell'adolescenza, mi sono trovata a osservarti e a chiedermi se per caso anche nella tua mente e nel tuo cuore fosse presente quest'ombra tramandata dai geni. Forse ho sbagliato, ma mi sono sempre risposta di no. Tra la tua generazione e la mia c'è stato un enorme sconvolgimento nelle relazioni umane: le grandi solitudini, le grandi domande che nascevano da queste solitudini non esistono più; l'epidermica socialità offerta dall'iperconnesso mondo dei media sembra in grado di tamponare ogni ferita, di impedire il sorgere di ogni inquietudine; la realtà non è diventata altro che un enorme specchio in cui tutti si riflettono alla ricerca dell'ambita conferma: quella di essere perfetti.

Quanto è imbarazzante questa perfezione così ossessivamente ricercata! Mi fa pensare alle scatole di cioccolatini di una volta; ne ricevevi una molto grande, pensavi che ce ne fossero tantissimi dentro anche se già il peso avrebbe dovuto insospettirti, ma soltanto quando la aprivi ti rendevi conto che i cioccolatini erano davvero pochi perché una griglia di plastica li separava gli uni dagli altri. Sai come si chiama tecnicamente quel foglio di plastica dorata? L'inganno! Illudere insomma che ci sia qualcosa all'interno che in realtà non c'è.

Non è così anche il mondo attuale? Pone davanti a te la perfezione, e tu non hai altro scopo nella vita che raggiungerla, ma di che tipo di perfezione si tratta? Quella della omologazione, quella che per cui ogni cosa ha un prezzo che devi essere disposta a pagare, costi quel che costi, perché la tua identità, il tuo successo, vengono confermati da quel prezzo. Tu non sei altro che quel prezzo stampato sulla fronte.

Mi domando spesso se tu abbia qualche ricordo di tuo nonno. Era stato felice della tua nascita, ti vedeva come la vera erede e almeno una volta al mese andavamo a Ferrara in visita; con te aveva attenzioni che non aveva mai avuto nei miei riguardi; il principe del foro si era trasformato in un nonno che passava il suo tempo agitando le mani come fossero uccelli sulla tua culla nella speranza che tu gli regalassi un sorriso.

Non saprei dire a che età io ho iniziato ad avere memoria di me stessa, né saprei dire se ciò che ricordo corrisponde al vero o meno, perché gli eventi si stratificano in continuazione nella nostra mente e, in questo susseguirsi di strati, possono insinuarsi delle falsificazioni.

Il nonno è morto quando avevi cinque anni, andavi ancora all'asilo. Nell'agosto di quell'anno, Davide era dovuto andare a un convegno negli Stati Uniti e noi avevamo approfittato per trascorrere un paio di settimane nella casa di montagna.

Un giorno ti avevo scattato una foto: eravamo seduti ai tavoli esterni di una pasticceria, tu in braccio al nonno e davanti a te troneggiava un'enorme coppa di gelato, ne tenevi in mano un cucchiaino stracolmo e con quel pericoloso carico sospeso guardavi con aria interrogativa mio padre che ti sorrideva incoraggiante, invitandoti a mangiarlo; c'era orgoglio nel suo sguardo, e non era l'orgoglio dell'avvocato che vince tutte le cause ma quello di un uomo anziano che contempla beato la sua discendenza.

Molte volte, sfogliando l'album delle fotografie – l'ultimo che abbiamo fatto insieme, ricordi?, prima che la nostra intera memoria visiva venisse divorata dalla bulimia dei telefonini – mi sono trovata a chiedermi se, in qualche parte della sua mente, continuasse a coltivare l'idea del suicidio e ogni volta mi sono risposta di no: non c'era più traccia nei suoi occhi di quella luce sinistra; le teorie con cui aveva inquietato la mia adolescenza non avrebbero turbato la tua; ogni volta che il suo sguardo si posava su di te, vi vedeva riflessa come in uno specchio l'immagine di te nel bel mezzo del foro con indosso la toga.

Il nonno se ne è andato a settembre di quello stesso anno. Aveva ottant'anni e godeva, o almeno sembrava godere, di una salute invidiabile; aveva una passione per i sigari, ma non era mai stata così eccessiva da pensare che l'avrebbe spedito nell'aldilà.

Eppure era successo.

Una mattina è uscito con la sua cartella di cuoio, come faceva da più di cinquant'anni, senza sapere che non avrebbe più varcato quel portone nel senso inverso; fino alle sei e mezza di sera anche per la nonna è stata una giornata come tante altre, poi ha ricevuto quella chiamata dall'ospedale: una voce sconosciuta le ha chiesto se fosse la moglie del signor Brunori; alla sua risposta affermativa, le ha comunicato la morte del marito avvenuta alle sedici e trentasei.

Infarto fulminante.

Ci sono morti lungamente preparate da una malattia: il dolore che si stempera per mesi, per anni e, alla fine, la signora con la falce appare quasi con il volto di un angelo liberatore. Ci sono poi le morti improvvise – infarti, incidenti, ictus – e di fronte a questi eventi la reazione è spesso l'afonia, l'incapacità di pronunciare una qualsiasi frase: quella persona, con cui hai condiviso cose belle e importanti nella vita – se non la vita stessa –, a un tratto scompare; non puoi più toccarla, non puoi più sentire la sua voce al telefono, non ti ricordi neppure le ultime parole che vi siete detti perché non sapevi che non ce ne sarebbero state altre; oppure le ricordi e quel ricordo si trasforma in strazio perché sono state parole distratte o forse persino ostili, e l'unica cosa che desideri è poter tornare indietro e modificare ogni cosa.

Mia madre me l'ha comunicato al telefono un'ora dopo.

La sua voce sembrava venire da un altro pianeta: non era alterata, non piangeva, non manifestava stupore né chiedeva conforto; aveva il tono delle voci gradevolmente sintetizzate.

«Come, quando, dove, perché?» le ho chiesto.

«Infarto durante un rapporto» ha risposto. «A casa della figlia di Lucrezia.»

Lucrezia era una delle migliori e più vecchie amiche di mia madre: Livia, la figlia venticinquenne, aveva iniziato da qualche mese a frequentare lo studio di papà per il praticantato; un praticantato che evidentemente si era allargato ad altri ambiti della vita.

Da quel giorno mia madre si è trasformata in una statua di ghiaccio. Non è stato il dolore ad averla ridotta così ma l'inguaribile ferita dell'amore tradito: per più di cinquant'anni erano stati, agli occhi di tutti, la coppia più felice e perfetta della Terra, poi, all'improvviso, la vita aveva scoperchiato la pentola mostrando che ciò che bolliva là sotto non aveva niente di invidiabile; anzi nascondeva la più trita e banale ovvietà delle coppie che invecchiano insieme: al primo capello bianco della moglie, il marito si trova un'amante molto più giovane che lo svaghi. Il fatto che la suddetta amante fosse la figlia della sua migliore amica, una ragazza che aveva visto crescere sotto i suoi occhi, aggravava non di poco il peso del tradimento.

Non c'è stata alcuna cerimonia di commiato, naturalmente.

Il corpo del nonno è stato cremato e la nonna è andata a Porto Garibaldi con l'urna, è salita su un battello e dal parapetto, senza testimoni, ha lanciato le ceneri in mare.

Credo che alla base di questa scelta, più che un desiderio espresso da mio padre, ci sia stata la furia iconoclasta di mia madre. Furia che si è poi riversata anche sulla casa in cui avevano – avevamo – abitato: scatole di sigari, foto, targhe di premi, le mazze del suo amato golf; ogni segno dell'esistenza del nonno è stato minuziosamente cancellato.

Abbiamo a lungo discusso con tuo padre su cosa dirti a proposito di questa scomparsa. Indirettamente Ali, che era più grande, aveva capito che il nonno non c'era più, ma tu ti trovavi ancora in quell'età sospesa in cui la relazione con la concretezza delle cose non è ancora ben chiara; alla fine abbiamo deciso di dirti semplicemente che non avresti più visto il nonno perché era andato in cielo.

Tu sei rimasta un po' sospesa, tamburellando il labbro con le dita come fai quando sei sovrappensiero, poi ci hai chiesto: «Ma come? Con un razzo?».

«No» ti ha risposto tuo padre, «la sua anima è volata tra le nuvole, libera come un uccello.»

«E il sigaro?»

«Il sigaro l'ha lasciato qui.»

«Ma che cos'è l'anima?»

«È la parte di noi che non vediamo.»

«Ma se non la vediamo, come facciamo a sapere che c'è?»

«Ce lo dice il cuore.»

Per un po' abbiamo evitato di portarti a Ferrara, per sottrarti all'atmosfera di cupa disperazione che aleggiava in quella casa; dal canto suo, tua nonna si rifiutava di venire da noi a Parma; le telefonavo quasi ogni giorno ma le nostre conversazioni alla fine non erano molto diverse da degli interrogatori: «sì», «no», «non so», rispondeva a monosillabi.

Forse, nel corso della vita, capitano inferni nei quali sei costretto a scendere da solo, come se nell'ascensore che ti porta giù non fosse contemplato un posto per un'altra persona: una madre che vede spegnersi il suo bambino sotto l'attacco di un'orrenda malattia, con chi potrà condividere il suo dolore? Una moglie che scopre soltanto alla fine di non essere stata che una delle tante mentre si era illusa per tutta la vita di avere in testa la corona della regina, con chi potrà dividere lo strazio di un'esistenza che si è rivelata una recita?

In quel periodo, devo confessarti, ero davvero preoccupata per lei, temevo che potesse mettere in pratica i filosofici programmi di suo marito, ma tuo padre mi confortava.

«Caso mai farà l'opposto.»

E così è stato.

A Pasqua dell'anno seguente è riuscita a risalire dall'inferno con le sue sole forze. Mi ha chiamato un pomeriggio e la sua voce, all'improvviso, era tornata quella di una persona viva. Mi voleva comunicare che aveva deciso di rifare la cucina e di dipingere le pareti con tinte più luminose e che per questa ragione si sarebbe trasferita per un po' nella nostra casa di montagna: ci avrebbe fatto piacere passare la Pasqua lassù, insieme a lei? Certo, le ho risposto; l'avremmo raggiunta subito dopo la chiusura delle scuole.

Quando eravamo arrivati, la casa era cosparsa di decorazioni pasquali, coniglietti e pulcini sbucavano ovunque. Il pomeriggio seguente lo avevate trascorso in cucina a bollire le uova e a dipingerle; quando mi ero affacciata a quella creativa fucina – tutto un ribollire di pentolini, di colori, di decalcomanie, di odore di aceto – mi ero trovata a chiedermi chi fosse quella donna: non mi sembrava di conoscerla né di averla mai vista prima; poi ho capito che non era più quel poco di madre che avevo avuto ma che era, al cento per cento, vostra nonna.

Mi è venuta allora in mente un'altra immagine, quella delle matrioske – sai, quelle bamboline di legno russe che si infilano una dentro l'altra. In ogni persona, mi sono detta, ce ne sono altre nascoste che aspettano di uscire, di essere risvegliate; a volte non escono mai, rimangono là dentro prigioniere per sempre: bisogna che qualcuno le urti, che cadano, che succeda qualcosa di imprevisto perché la più esterna ceda il posto a quella racchiusa dentro di lei; andare all'inferno e farvi ritorno con le proprie gambe forse è uno dei dolorosissimi modi per liberare quell'energia che, altrimenti, potrebbe restare prigioniera per sempre.

Ci sono diversi modi per rispondere a un'improvvisa vedovanza; alcune donne indossano l'abito dell'inconsolabilità e quell'abito diventa la loro stessa identità; mentre altre, dopo un periodo di comprensibile smarrimento, subiscono una trasformazione molto simile a quella di un animale che si sveglia dal letargo. La temperatura del corpo lentamente si alza, il sangue affluisce con più vigore agli organi e alle membra, come a segnalare che il tempo del sonno è finito ed è giunta l'ora di lasciare la tana: i primi movimenti sono lenti, stupefatti, il percorso per raggiungere l'uscita sembra lunghissimo, poi però il metabolismo dà una sferzata e a un tratto ci si trova di nuovo sotto il cielo aperto.

Il periodo di Pasqua di quell'anno è stato proprio questo per tua nonna, una lenta e progressiva uscita.

Verso cosa?

Me lo sono domandata spesso osservandola nella sua nuova condizione e vedendo come si prendeva cura di te; mi sembrava una persona sconosciuta. Per te era normale che si comportasse così, mentre io provavo un senso di straniamento: con te era sempre attenta, aveva inattese complicità; come madre invece aveva semplicemente assolto il suo ruolo, mi aveva messa al mondo cercando di crescermi in modo da farmi riempire un giorno la casella sociale destinata a me, seguendo un percorso già tracciato: medie e liceo a Poggio Imperiale; l'università, certo; ma soprattutto un buon matrimonio.

Io però ero stata un convoglio impazzito, avevo deragliato, scegliendo una vita per lei banale; avrei potuto avere dei privilegi se avessi obbedito al piano prestabilito, come se, in una gara di corsa, un giudice compiacente avesse spostato i blocchi di partenza più avanti; invece avevo voluto partire insieme alle altre, già sapendo che le mie gambe non erano abbastanza lunghe né abbastanza forti per avere la certezza della vittoria.

Quell'uscita dai binari aveva fatto sorgere in lei un velo di algida distanza: era delusa ma soprattutto pensava di aver deluso suo marito, mio padre. Il mito dell'affermazione sociale che era stato il perno della sua educazione era stato infranto e lei si sentiva in colpa per quel fallimento.

Ero gelosa delle attenzioni che ti riservava? Avrei potuto in qualche modo esserlo perché io non ne avevo ricevute da bambina; assistendo invece a quell'inaspettato cambiamento, in realtà non potevo che provare un senso di sollievo: le confidenze che ti faceva – e che mi raccontavi nei rari momenti di buonumore – avevano aperto uno squarcio imprevisto su quella che doveva essere stata la sua infanzia e della quale ignoravo quasi tutto.

Ti parlava delle costrizioni, degli obblighi sociali, degli anni passati nelle ampie stanze affrescate di Poggio Imperiale, sentendosi a volte oppressa da tanta magnificente bellezza, ti faceva sorridere quando ricordava la sua insofferenza per l'obbligo di assistere alle opere liriche che le sembravano degli incomprensibili latrati; e poi, ancora, del rimpianto per un tempo in cui la vera ricchezza era una concreta realtà familiare. Con il passare degli anni, ti aveva raccontato, e soprattutto con il susseguirsi di faide familiari, i membri del glorioso casato si erano via via ridotti da ricchissimi latifondisti a persone semplicemente benestanti; ancora aristocratiche, certo, ma non più con i mezzi illimitati di un tempo, e questo le dava l'impressione di indossare un vestito troppo stretto.

Anche mia madre era stata figlia unica, una condizione che di certo l'aveva messa al riparo dalle inevitabili gelosie e competizioni fraterne ma che, d'altra parte, doveva averla condannata a una siderale solitudine. Avrebbe potuto imboccare la strada della ribellione, come me? Non credo: negli anni della sua giovinezza, quelli dell'immediato dopoguerra, sarebbe stata un'impresa al di là delle sue forze.

La sua ribellione è stata farvi da nonna.

E non solo: malgrado la sua manifesta insofferenza per l'opera, a quasi settant'anni è entrata a far parte di un coro; usciva per andare alle prove e a volte partiva con il gruppo per tenere concerti di beneficenza in altre città. Si era addirittura comprata una bicicletta nuova, ricordi?, regalandone anche una a te e una ad Ali. Montavate in sella e facevate il giro delle mura o, nelle belle giornate, vi spingevate fino ai lidi; quando invece la nebbia avvolgeva la città, vi sedevate in salotto davanti ai quadri degli antenati e passavate ore ad ascoltare le mirabolanti avventure che vi raccontava; vi faceva sognare con storie piene di carrozze e di cavalli, di giovani aristocratici ardimentosi che cospiravano e combattevano, rischiando la vita, per fare nascere l'Italia unita.

Per Ali tutte queste vicende non erano molto diverse da una fiaba con principi e principesse, mentre in te questi racconti nostalgici suscitavano il segreto orgoglio di appartenere a una stirpe importante.

Una volta, quando avevi otto anni, di ritorno dalla casa della nonna mi avevi spiazzato con una domanda.

«Ma un giorno quei quadri saranno nostri?»

Ho capito allora quanto fosse irresistibile per te la memoria delle origini. Mi sono trovata così con due persone diametralmente opposte in casa: una con il buio totale alle spalle, e dunque completamente proiettata al futuro, e l'altra ancorata a un passato che alimentava in lei un senso di fallace e nostalgica superiorità.

A volte, ti devo confessare, mi sono anche arrabbiata con la nonna. Non volevo che ti riempisse la testa di tutto quel ciarpame di famiglia; mi sembrava che in qualche modo ti spingesse ad alterare la percezione che avevi di te stessa. La sera, a letto, confessavo a tuo padre i miei timori: vedevo la forza del tuo carattere, temevo che questa forza venisse in qualche modo pervertita.

Devo anche aggiungere però che, se non sono stata gelosa del fatto che mia madre ti amasse come non aveva mai amato me, un po' lo sono stata nel senso inverso: in pochi anni il rapporto che avevi con lei era diventato per te quello fondante; parlavi solo di lei, pensavi solo a lei, credevi solo a quello che ti diceva; io mi ero trasformata in una sorta di guardalinee a bordo campo.

Più che gelosia vera e propria era, in fondo, un senso di inadeguatezza. Stavo sbagliando qualcosa? E se sì, cosa? Ma tuo padre mi rassicurava: è normale, mi diceva, che ci siano delle fasi nel corso della vita. Da piccoli i nipoti scelgono i nonni più affini e viceversa; i genitori hanno l'onere di imporre dei doveri ma quando si diventa nonni si dimenticano i doveri e si torna un po' bambini; per questo, mi diceva, è giusto lasciar vivere questi rapporti fino in fondo, anche perché i nonni non ci sono per sempre. Così mi ero abituata ad avere una figlia ferrarese e un'altra molisana.

Nell'estate dei suoi dodici anni, Ali aveva imparato a fare il pane, era molto orgogliosa di questo e, tornando a casa, ogni sabato impastava e la domenica infornava il pane per tutta la famiglia.

Invece tu, a quell'età, ti perdevi nei libri di araldica recuperati dalla biblioteca dei nonni, conoscevi ogni stemma, ogni simbolo, ripetevi a memoria le varie gerarchie della nobiltà; ti amareggiava il fatto di non poter esibire alcun titolo dato che tua nonna, pur nata contessa, sposando il nonno che nobile non era, avesse dovuto rinunciarvi; avresti voluto essere la contessa Ginevra, ma ti saresti accontentata anche di baronessa o nobildonna. Chissà, forse la corona di cartone che Ali si divertiva a metterti in testa da piccola può aver contribuito non poco ad alimentare questa tua fissazione.

Io sarei stata più interventista, ma tuo padre mi fermava sempre: le cose poco importanti, mi diceva, vanno lasciate scivolare via perché se ci si attacca troppo finiranno per fissarsi e diventare importanti. Ci penserà la vita stessa a sfrondarle.

L'aristocratica complicità con la nonna ti ha accompagnato fino a quando lei non è mancata, ma il periodo più intenso del vostro legame era stato comunque all'inizio delle scuole primarie perché è a quell'età che i bambini hanno bisogno di nutrire il proprio immaginario e la nonna ha svolto questo ruolo in modo predominante, con le sue saghe familiari e con le letture dei classici dell'infanzia conservati nella biblioteca di casa fin da quando lei stessa era bambina.

Quando eri a metà della prima media, mi ero accorta che il tuo sguardo stava già cambiando; nel corso delle generazioni, infatti, i tempi dello sviluppo si sono accorciati: ciò che un tempo accadeva nel corpo e nella mente a quattordici anni, ormai poteva avvenire già a undici. È il momento in cui il rapporto con il reale si fa determinante, l'interesse per il mondo esterno diventa prioritario e così, lentamente, si comincia a forgiare una parte di sé che fino ad allora ci era sconosciuta.

Avevi quasi nove anni quando la nonna è venuta a conoscenza di un fatto increscioso destinato a gettare un'ombra indelebile su quello che sarebbe restato della sua vita.

Il tetto della casa di montagna aveva bisogno di essere rifatto e lei si era recata in banca per smobilitare una cifra importante che le sarebbe servita a pagare i lavori; della parte economica del ménage familiare si era sempre occupato il nonno, permettendole così di vivere nella beata convinzione che non ci sarebbero mai stati problemi finanziari, ma dopo quella mattinata, di fronte ai grafici, alle cifre e ai rendiconti che il direttore della banca le aveva illustrato, si era dovuta amaramente ricredere. Negli ultimi anni della sua vita, infatti, il nonno si era lanciato in speculazioni finanziarie azzardate che non erano andate a buon fine e che avevano prosciugato gran parte dei loro risparmi; la nonna non se ne era accorta perché, alla morte del marito, il nuovo direttore le aveva proposto di investire quello che comunque era rimasto, e non era poco, in azioni più che convenienti destinate a rimpinguare le perdite subite, e lei si era fidata. Fiducia mal riposta perché in pochissimo tempo i soldi si erano volatilizzati, lasciandole ormai sul conto poche migliaia di euro.

Ricordo ancora il giorno in cui tua nonna è comparsa a Parma con quella notizia: aprendo la porta, avevo avuto l'impressione di trovarmi davanti a uno spettro. Quella notte era rimasta a dormire da noi, cosa che faceva molto di rado, e per tutta la sera, dopo che voi eravate andate a dormire, avevamo rivisto i conti e constatato le perdite; alla fine, però, Davide aveva cercato di rassicurarla ricordandole che, con l'ormai modesto tenore di vita che aveva, la generosa pensione di reversibilità del nonno le sarebbe di sicuro bastata.

Ci aveva ascoltato per un po' in silenzio e poi era scoppiata a piangere, spiazzandoci; soltanto allora, vedendo il suo esile corpo scosso dai singhiozzi, mi ero resa conto di quanto fosse invecchiata.

Succederà anche a te un giorno questa strana cosa: anche se per te gli anni passano, non pensi mai che possano passare anche per i tuoi genitori; tu sei sempre figlia e loro sempre le persone che ti hanno messo al mondo; credo che si possa dire che si entra nell'età adulta proprio quando ci si rende conto che invece gli anni passano anche per loro.

La persona che singhiozzava sul divano di casa nostra era mia madre, era vostra nonna ma era soprattutto una donna fragile che dovevamo proteggere.

«Non vi potrò lasciare niente, niente...» continuava a ripetere tra un singulto e l'altro.

«Non ha nessuna importanza, non abbiamo mai pensato a questo» l'aveva confortata tuo padre sedendosi accanto a lei. «Lavoriamo tutt'e due e le ragazze faranno sicuramente la loro strada.»

Nella fretta e nella superficialità dei giorni ci si può illudere che ci sia una certa stabilità nel mondo: il sole sorge, il sole tramonta e la sua luce scandisce il ritmo della vita; in realtà, sotto la luce si nasconde l'ombra, e sotto l'ombra si annidano le tenebre. Solo nel breve istante in cui il nostro astro si trova allo zenit l'ombra scompare intorno ai nostri corpi: per un attimo la luce domina ogni cosa, ma è un attimo, appunto; dopo quell'istante l'oscurità torna a crescere fino a trascinarci nella notte.

Anche la nostra vita è soggetta a questa legge: c'è un'ombra nel nostro cuore, nei nostri pensieri e tanto più siamo convinti che non esista, e che la nostra mente sia in grado di dominare ogni cosa, tanto più quest'ombra silenziosamente lavora e si diffonde.

Quando un fulmine cade su un albero solitario può ucciderlo sul colpo o ferirlo solo di striscio: in primavera rispunteranno le foglie sui rami e lo faranno anche quella seguente e quella dopo ancora; intanto, però, all'interno del tronco l'ombra si è insinuata attraverso quella ferita e, con devota solerzia, ha iniziato a lavorare: funghi, batteri, coleotteri divoratori del legno. Il piccolo squarcio nella corteccia ha in realtà spalancato le porte a una marcia trionfale: quella che permetterà alla morte di avanzare e di diventare padrona di un organismo.

Quando era iniziata quella marcia nel corpo della nonna? Quando era morto il nonno e aveva scoperto la menzogna che aveva distrutto la sua vita? O ancora prima, quando non aveva avuto altra scelta che sottomettersi, accettando la strada già tracciata per lei?

Quando iniziamo a morire dentro?

E quanto riusciamo a rendercene conto?

Fino a che ogni cosa è coerente intorno a noi, tutto regge, ma se ci sfiora un fulmine? Il matrimonio dei miei genitori era apparso agli occhi di tutti senza macchia, ma lo era davvero? Non li ho mai visti alzare la voce, mai discutere, mai contrapporsi.

«Beata te che hai un padre e una madre che vanno così d'accordo!» commentavano le mie compagne di scuola, le rare volte che le invitavo a casa.

Ma era davvero amore?

O era un patto di reciproca collaborazione mirata alla sopravvivenza, non molto diversa da quella che, in natura, attivano tra di loro gli organismi simbionti?

A ben pensare, l'organizzazione dei viventi imprime segrete impronte anche nei rapporti tra gli esseri umani. Non sono poche, infatti, le relazioni in cui, al posto della collaborazione, prevale la sopraffazione: la persona più forte prende lo scettro del comando e, grazie a quello, domina la convivenza senza mai interrogarsi sulla liceità di quel dominio, senza mai riflettere sul fatto che lo squilibrio del potere porta con sé il principio della distruzione.

Dove c'è un parassita, c'è anche un parassitato che prima o poi è destinato a soccombere, ma non soccombe chi l'ha condannato a morte.

Ti sembra crudele questa visione?

Poco romantica?

Sicuramente, ma troppo spesso, sovrastimando la nostra razionalità, ci dimentichiamo che ci sono migliaia di anni di evoluzione alle nostre spalle e che questa lunga storia ci condiziona molto di più di quello che siamo disposti ad ammettere; così, invece di rifugiarci in confortevoli e fallaci romanticismi, dovremmo piuttosto avere il coraggio di domandarci: che cosa distingue l'amore tra due esseri umani da quello tra due falene o tra due scoiattoli?

Lo so che la biologia, per quel po' di sana opposizione che c'è in ogni figlio verso il lavoro dei genitori, non è tra i tuoi pensieri, ma la mia formazione scientifica mi porta a osservare prima di ogni altra cosa le reazioni enzimatiche, i livelli omeostatici: questi equilibri, nella complessità degli esseri umani, sono legati ad altri equilibri; così se la nonna era riuscita a risorgere grazie a voi dopo la morte del nonno, il giorno in cui si era resa conto di aver perso la sua sicurezza economica qualcosa in lei invece aveva ceduto.

Era stato Davide, tre mesi dopo, ad accorgersi che non era più la stessa; era stato lui a portarla in ospedale, a farle fare le analisi giuste e poi a comunicarle, con delicatezza, la diagnosi infausta. La nonna aveva accolto la notizia con un mesto sorriso, come se non fosse altro che la conferma di qualcosa che già sapeva; non si è ribellata, non aveva pianto, non aveva chiesto: «Quanto mi resta?». Le restava pochissimo, in realtà, e proprio per questo non avevamo iniziato alcuna terapia che non fosse quella del dolore.

Il nostro grande problema, a quel punto, era come dirtelo dato il forte legame che vi univa, ma non ce n'era stato bisogno; mentre preparavo la stanza degli ospiti per lei, tu eri comparsa sulla porta.

«La nonna sta male, vero?»

«Sì» ti avevo risposto, senza smettere di sistemare le lenzuola nel letto.

Quant'è durata questa agonia? Un po' più di tre settimane. La nonna dormiva quasi tutto il giorno e, se non dormiva, sonnecchiava; Ali le stava sempre vicina con grande devozione, tanto che ho pensato che diventare infermiera avrebbe potuto essere una delle sue strade.

Dato che la stanza della nonna era contigua al salotto, tu ti eri sistemata sul divano, passando il tuo tempo a guardare la televisione come se quello che succedeva a pochi metri di distanza non ti riguardasse affatto; di tanto in tanto, Ali ti veniva a chiamare: «La nonna ti vuole» e la raggiungevi al capezzale. «Lasciati guardare» mormorava con voce flebile e tu rimanevi immobile come una statua di gesso; se qualcuno ti avesse guardato dall'esterno, senza conoscerti, saresti apparsa come una persona distante, fredda; ma che altro era quella distanza, se non il timore di venir travolta da un livello di emozione ingestibile?

Un giorno la nonna aveva chiesto a Davide di accostarsi e gli aveva fatto una carezza. «Improbabile molisano» gli aveva sussurrato. Era così che lo aveva chiamato fin dall'inizio ma ora la sua voce era piena di gratitudine e dolcezza.

Anch'io passavo molto tempo con lei, ma con me non parlava. La vedevo così piccola, così indifesa, mi sembrava sempre più simile a un neonato e un giorno ho fatto una cosa che nella vita non avevo mai fatto: l'ho baciata, non sulla guancia come si fa nella formalità quotidiana ma sulla fronte, nel luogo – me ne sono resa conto dopo – dove si cela il terzo occhio. Pur avendo le palpebre abbassate, sentendo quel bacio il volto di tua nonna si è illuminato in un meraviglioso sorriso: lo stesso sorriso che rischiara il volto dei neonati quando iniziano a percepire le forme del mondo.

Quell'inedito sorriso è rimasto nella mia mente come una piccola e inestinguibile luce e, ogni volta che lo vedo comparire, mi domando: quante nascite dobbiamo attraversare per diventare davvero umani?

Quattro giorni dopo, tuo padre mi ha comunicato che a quel punto non sarebbe stato saggio lasciarla sola, perché l'inevitabile sarebbe potuto accadere da un momento all'altro.

E così è stato.

Due giorni dopo tua nonna, mia madre, si è spenta.

Erano le sei di mattina e la sua mano era tra le mie; ho percepito appena un tremito e quando quel tremito è scomparso ho capito che non c'era più. Davide era accanto a me, sono scoppiata a piangere tra le sue braccia.

Alle sette vi siete svegliate per andare a scuola.

«La nonna è andata in cielo» vi ha detto vostro padre.

Non hai avuto reazioni. Sei uscita senza una parola, mentre Ali piangeva. Solo la sera, a cena, sei scoppiata in un pianto quasi rabbioso. «Non so dove è andata» balbettavi tra le lacrime. «So solo che non è più qui con me.»

Dato che non aveva lasciato disposizioni in merito, a nessuno di noi è venuto in mente di ricongiungerla a suo marito nella melma del Po. Sua madre, mia nonna, era ebrea ma apparteneva a quella non esigua parte di ebrei che, in seguito a matrimoni, erano passati al cristianesimo e dunque tua nonna, nonostante la sua lontananza nella vita dalla fede, era stata battezzata.

Il funerale si è svolto nella parrocchia del nostro quartiere, a Ferrara. Il prete ha parlato distrattamente, un paio di volte ha persino sbagliato il nome della defunta; i banchi erano quasi vuoti, c'erano solo qualche amica e qualche vecchia persona di servizio. Anche in chiesa sei rimasta prigioniera della tua rigidità; soltanto quando abbiamo raggiunto il cimitero e la bara è stata tumulata nella tomba di famiglia, ti sei sciolta in un pianto liberatorio, accarezzando la gelida pietra.

Nei mesi seguenti hai voluto che ti portassimo spesso al cimitero. Lì chiedevi di venire lasciata sola per poter parlare liberamente con la tua amata nonna.

Non è forse la sepoltura dei morti il primo segno che permette di tracciare una linea di demarcazione invalicabile tra l'umano e il resto dei viventi? Sentiamo forte in noi l'esigenza della memoria e in questa memoria – così come nell'uso delle parole che ci permette di tramandarla – si proietta l'ombra del mistero.

Con il passare degli anni, il desiderio di andare al cimitero si è affievolito, eri ormai adolescente e il tuo sguardo era proiettato totalmente all'esterno, sul tuo «rodaggio» in un'età diversa.

Quando eri in quarta ginnasio avevamo venduto la casa di Ferrara. Avevo avuto un po' di timore nel dirtelo ed ero rimasta sorpresa che tu l'avessi accettato di buon grado.

«Ormai è piena solo di fantasmi.»

Avevi chiesto solo di recuperare il ritratto di un antenato che ti era particolarmente caro e alcuni oggetti della nonna, compresi i classici dell'infanzia sui quali avevi sparso tante lacrime. Il ritratto era stato poi appeso nella tua cameretta da adolescente: un grande quadro a olio circondato da poster svolazzanti. Quel ritratto ti faceva sentire in contatto con le tue radici: guardandolo ritrovavi la sicurezza dei tuoi passi.

Per questo non ci siamo molto sorpresi quando, come regalo per i tuoi diciott'anni, hai chiesto un ritratto a olio di te stessa. Era stata la nonna a promettertelo, quando eri più piccola, e ora che non c'era più volevi esaudire il suo desiderio. Abbiamo discusso a lungo, tuo padre e io, se farlo o meno. Era un incentivo al narcisismo? Una forma di snobismo? O era il modo per continuare una storia che per te era importante? Alla fine, abbiamo accolto il tuo desiderio: nel mondo dell'impermanenza continua offerta dalla tecnologia, ci è sembrato bello che tu ambissi a qualcosa destinato a durare.

«Di noi cosa vuoi che rimanga?» ti abbiamo chiesto poi, quel giorno stesso; avevi fatto una faccia strana, come a dire: non avevo mai pensato che voi poteste scomparire; poi, dopo un breve silenzio, ti sei illuminata.

«Perché non ci facciamo una bella foto in studio, insieme?» Così avevamo preso appuntamento da un vero fotografo e ci eravamo fatti tutti belli per l'occasione: Alisha si era procurata un coloratissimo sari, io ero andata dal parrucchiere, tuo padre aveva stretto al collo una cravatta elegante e il piccolo Elia aveva indossato il suo primo vestito da ometto. Di foto ne avevamo fatte diverse, con diversi fondali: tra il colore e il bianco e nero, avevi preferito il bianco e nero. «È più vero» sostenevi e non so se ti riferivi all'effetto vintage o al fatto che, in questo modo, le luci e le ombre mostravano con più chiarezza la verità dei volti; in alcune sorridevamo, in altre ridevamo proprio e in altre ancora avevamo espressioni terribilmente serie.

«Sono tutte vostre» vi avevamo detto, ritirandole. «Sarai tu, sarete voi, quando vivrete per conto vostro, a decidere quale incorniciare e quali tenere nelle case in cui vivrete.»

Intanto, in salotto avevamo appeso quella in cui ridevamo allegramente, come antidoto per gli inevitabili momenti di sconforto, per le giornate di luna storta, per le scaramucce e gli inciampi che contraddistinguono anche la più piccola ed equilibrata comunità di umani.

In fondo se sto trascorrendo queste vacanze di pace casalinga scrivendo lettere è proprio perché questa foto non rimanga lì come un oggetto che via via perde senso.

Ho iniziato con Ali, perché è stata la mia prima figlia e non posso in alcun modo immaginare la nostra vita senza di lei. Lei, con la sua naturale quiete, con il suo modo sereno di accettare ciò che accade è stata – insieme a Davide – la panacea per le nevrosi, le insicurezze, il non amore che caratterizzavano la mia famiglia di origine.

A differenza sua, tu ti sei formata lentamente e misteriosamente nel mio corpo e poi, a un tratto, piccola, inerme e paonazza in volto, eri tra le mie braccia; pesavi poco più di tre chili ma appena ti ho sollevato ho capito che il tuo peso reale era di molto maggiore. Ce l'avrei fatta a reggere quel peso? Riponevo molte speranze nel patrimonio genetico di tuo padre, speravo che fosse quella parte a prevalere, quella che Ali ha fatto subito sua e che tu in fondo hai sempre vissuto come una minaccia; eppure so che quella parte è viva e potente in te, soltanto che da un lato ti è ancora sconosciuta e, dall'altro ne hai paura perché, se l'accettassi, potresti venir esposta a una fragilità che ti priverebbe delle difese.

Le caratteristiche che mostri adesso – la frivolezza, lo snobismo sociale, il tuo senso di diversità e di superiorità – altro non sono che quelle tonnellate di corazza difensiva che hai avuto in eredità, rinfocolata peraltro dalla realtà che ti circonda: il *mantra* di questi tempi infatti è che tu devi essere perfetto, devi essere migliore, devi essere privo di difetti socialmente riconoscibili; se poi sei un mostro, se ogni giorno, quando ti guardi allo specchio, ti accorgi che, sotto quel volto omologato, si nascondono il livore, la paura, il disprezzo di te stesso, in che modo potrai costruire con consapevolezza la tua vita?

Una perfezione che non sia interiore cova sotto di sé il gene della distruzione.

Già in ottobre di quest'anno ci hai annunciato la tua scelta universitaria: avresti fatto Legge per seguire le orme del nonno e ne siamo stati tutti felici; avere già chiara la strada che si vuole perseguire è un grande dono.

Il dono della vocazione.

Alla tua età io ero ancora molto confusa mentre tuo padre già a tredici anni era sicuro che avrebbe fatto il dottore e, per riuscire nel suo intento, ha superato ogni tipo di ostacolo.

Tu hai sempre brillato negli studi e sono sicura che anche l'università sarà per te una passeggiata, come spero che, in questa prepotente chiamata, si annidi lo spirito di tuo padre e non quello di tuo nonno perché non è il denaro che si guadagna ma l'onestà con cui si lavora a rendere una persona degna.

Ricordi che, nel periodo in cui avevi la fissa per l'araldica, avevi scoperto che era possibile farsi uno stemma anche senza essere nobili? Eri raggiante: a tavola ci ammorbavi elencando i simboli con cui avresti voluto comporlo.

«Metti uno stetoscopio» suggeriva tuo padre «così si capisce che discendi da un medico.»

«E una bicicletta» aggiungevo io «per far capire che vieni da Ferrara.»

Ali invece sosteneva che avrebbe dovuto esserci la corona che ti aveva messo in testa quando eri piccola.

Ma tu desideravi qualcosa di più alto e insolito, così passavi ore in camera tua a disegnare il tuo stemma araldico. Poi questa fissazione infantile è scomparsa dalla tua mente: la compagnia, lo studio, gli amici erano diventati per te prioritari.

Però sai che adesso, ripensandoci, mi sembra che l'idea di creare un proprio stemma non sia un'idea così bizzarra. Il futuro, ciò che sta davanti a noi, è la realtà più misteriosa e inquietante che dobbiamo affrontare. Gli animali, con la loro intelligenza e sensibilità, vivono la pienezza dell'istante, per loro non esiste l'angoscia del domani; per noi sì, e allora uno scudo con dei simboli incisi sopra non potrebbe essere una sorta di mappa per orizzontarci nei giorni? O, più prosaicamente, gli ingredienti di una torta che vuoi preparare? Una torta che sia buona, altrimenti che torta è? Perché un dolce sia buono, il requisito indispensabile è che gli ingredienti lo siano: usare un burro scadente invece di uno buono cambia decisamente il risultato. Quali potrebbero essere allora gli ingredienti in grado di rendere la tua vita degna della sua importanza?

Non ti nego che, nel corso di questi anni, la tua scorza ribelle, quello sguardo di antipatia e di rivalsa mi hanno fatto a volte perdere ogni speranza che potesse esistere una Ginevra diversa; sembravi il clone di mia madre e, in quel clone, non riuscivo a trovare la porta di accesso; poi invece, qualche mese fa, mentre ero in macchina, ho sentito una storia alla radio.

La storia è questa.

Un uomo muore improvvisamente e si ritrova al cospetto di Dio, anzi di Allah – perché era una storia sufi –, e Allah gli domanda: «Sai perché andrai direttamente in Paradiso?».

«Perché ho rispettato tutte le regole della legge?»

«No, non per questo.»

«Perché sono andato più volte in pellegrinaggio alla Mecca?»

«No, neppure.»

«Perché ho sempre dato parte dei miei denari ai poveri?»

Allah non risponde. L'uomo inizia a sentirsi un po' smarrito. Ha sempre cercato di essere un buon musulmano e non capisce cosa altro possa esserci stato.

Tace confuso.

Così Allah lo incalza: «Non immagini proprio perché quella porta si aprirà davanti a te?».

No, l'uomo non lo immagina.

«Ricordi quella volta in cui tornavi a cavallo sotto una pioggia battente a Bagdad e hai sentito il miagolio di un gattino disperato che veniva trascinato via dalla corrente? Ricordi di essere balzato giù dalla sella per raccoglierlo e metterlo in salvo? Ecco, è proprio per la misericordia verso quell'umile gattino che andrai subito in paradiso.»

Questa storia del gattino salvato mi aveva fatto tornare in mente un episodio avvenuto qualche anno prima. Era un giorno di grande nebbia, tornando da scuola Ali aveva trovato un gattino ferito a bordo della strada; forse qualcuno aveva voluto sbarazzarsi di lui o forse, data la scarsa visibilità, un motorino o una bicicletta l'avevano urtato. Ali l'aveva portato a casa e sistemato in una scatola di scarpe imbottita di morbidi stracci; poi, insieme, avevate scaldato del latte e provato a nutrirlo con un contagocce ma, malgrado avesse tirato fuori la rosea linguetta, non riusciva a inghiottire e gran parte del latte era andato sprecato.

Il veterinario ci aveva dato appuntamento per la mattina seguente e fino a tarda sera tu e Ali lo avevate vegliato come due vestali parlandogli dolcemente ma, malgrado le vostre amorevoli cure, la mattina dopo avevamo trovato il suo corpicino rigido e freddo avvolto dagli stracci.

Ali era scoppiata a piangere, aveva tanto sognato di avere un gattino! Tu invece avevi indossato la maschera di ferro, quella capace di nascondere ogni emozione, e con quella stessa espressione eri tornata da scuola, chiudendoti in camera tua.

Nel tardo pomeriggio, però, passando davanti alla tua porta, avevo sentito i tuoi singhiozzi; ero entrata con discrezione e ti avevo vista a pancia in giù sul letto, la faccia affondata nei cuscini per soffocare il pianto.

«Che succede?» ti avevo chiesto, sfiorandoti delicatamente i capelli.

«È per il gattino» avevi singhiozzato disperata. «Per il gattino!»

«Andremo al gattile e ne prenderemo un altro» ti avevo risposto; ma le mie parole non erano servite a nulla, singhiozzavi ancora più forte.

«Cosa vorresti?»

«Vorrei sapere se qualcuno gli ha voluto bene.»

«La sua mamma, di sicuro.»

«Ma l'ha abbandonato...»

«La vita è piena di imprevisti. Ma tu e Ali gli avete voluto bene, anche se per poco, e lui l'ha sentito; per questo è morto felice.»

«Davvero?» mi avevi guardato sollevando appena il volto stravolto dal cuscino.

«Certo. Il vostro amore sarà sempre nel suo cuore, così come il suo nel vostro.»

Dato che non avevamo un giardino, il pomeriggio dello stesso giorno siete uscite con vostro padre per andare a seppellire il gattino in un campo fuori città ai piedi di un pioppo. Davide si era procurato due mattoni per proteggere la sepoltura e voi vi avevate piantato sopra una piccola croce fatta di rametti legati con una corda.

Se qualcuno gli ha voluto bene, se qualcuno *ci* ha voluto bene, se *noi* abbiamo voluto bene a qualcuno: è la grande domanda che dovrebbe illuminare ogni ricerca di senso, ma questa domanda nasce sempre da una ferita, da qualcosa che può rimanere sottotraccia per anni, magari suppurando sostanze tossiche ma che, prima o poi, salta sempre fuori.

Tutti hanno questa ferita? mi chiederai.

Avendo vissuto un certo numero di anni, ti posso rispondere che no, non tutti ce l'hanno: ci sono persone insensibili all'amore, indifferenti al dolore che possono provocare al prossimo; c'è chi, pur avendolo visto, passa sopra il povero micio con le ruote della macchina, provando piacere nel distruggere una vita e chi si ferma, accosta, lo raccoglie e lo porta in salvo.

Alla fine penso che sia questo l'unico grande spartiacque che domina il mondo: chi è consapevole del male e di tutte le sue conseguenze e cerca in qualche modo di contrastarlo e chi, invece, ha come unico orizzonte quello del proprio tornaconto; e questa categoria comprende una varietà infinita di sfumature che va dal vicino di casa arrogante al dittatore che stermina con indifferente ferocia milioni di persone.

Accorgersi di questa realtà o ignorarla.

In questo si gioca tutto il senso della nostra vita.

Ma tu hai visto il gattino e lo strazio per la sua morte solitaria ha aperto il tuo cuore alle vie della misericordia; dunque io, come primo simbolo del tuo stemma, metterei al centro proprio un bel gattino, pieno della naturale luminosità dei cuccioli, circondato dal simbolo induista dell'Om, in omaggio a quella sorella che tanto ti ama e il cui amore tanto temi, a causa del tarlo maligno che spesso mina i rapporti tra fratelli. Da Caino e Abele in poi, non è andata in fondo sempre così? *I suoi doni sono stati più graditi dei miei! Lui è più amato di me!* Quanto è penosa quest'idea che l'amore si misuri in metri, in chili, in damigiane: un tanto qui, un tanto là.

L'amore è o non è.

Non ci sono possibilità intermedie.

E se è, il suo dono è quello di far crescere nella stessa armonia tutte le realtà intorno: l'amore sottoposto a leggi sindacali è destinato a fallire miseramente.

E ai lati del gattino e dell'Om sai cosa metterei? Sulla sinistra una spada e sulla destra una bilancia, perché la giustizia sarà il campo in cui combatterai le tue battaglie e, fin troppo spesso, la giustizia tra gli uomini è gravata da oscuri cavilli, da accomodamenti e manipolazioni che la rendono poco onorevole. La spada servirà per questa battaglia e per tutte le altre che, nel corso della tua esistenza, ti troverai a combattere; avrai bisogno di quella spada per le battaglie esterne, ma soprattutto per quelle interiori: le più infide, le più insidiose, le più difficili da combattere. E quale sarà la principale battaglia che ti troverai ad affrontare?

Quella del gattino.

Il gattino? Cosa c'entra, ti chiederai?

C'entra, anzi, è il centro di tutto. Più ti affermerai, più diventerai famosa, più conferme avrai nella vita, più una voce ti dirà che quel tuo antico pianto altro non era che un capriccio infantile, un momento di debolezza da archiviare nell'oblio; se ascolterai questa voce, capace di grande persuasione, l'equilibrio dei tuoi giorni lentamente e inesorabilmente inizierà a crollare; ogni volta che avrai questa tentazione, ricordati del racconto sufi e chiediti: dove va il mio cuore? Verso tutto ciò che rende forti esternamente o verso l'unica cosa che rende forti internamente?

Sbaglierai?

Sì, di sicuro sbaglierai molte volte, perché il nostro cammino prevede continui inciampi ma, se seguirai la vita che tuo padre e io ti abbiamo mostrato, sarai sempre in grado di rialzarti per affrontare una nuova tappa del cammino; per questo, come sigillo, sotto il gattino, l'Om, la spada e la bilancia, inciderei un motto.

NON TEMERE!

Non temere, Ginevra, perché la vita è sempre più grande e più forte dei cupi fantasmi che si aggirano nei nostri cuori e si rinnova con straordinaria creatività quando siamo in grado di tenere viva in noi l'unica fiamma capace di affrontare il dolore del mondo.

La fiamma dell'amore.

Per Daniele

Caro Davide,

nel silenzio notturno della casa ti immagino in qualche locale affollato con i tuoi amici, un boccale di birra in mano, le guance paonazze per la giornata trascorsa sotto il sole e al gelo; e immagino anche, data la tua stazza, che più che arrampicarti su per la parete di ghiaccio, tu sia rimasto alla base guardando gli altri salire, offrendo consigli dal basso sempre pronto a soccorrere chiunque presenti un problema fisico.

Ricordi che prima di partire mi avevi chiesto se non avessi paura a rimanere sola in casa per così tanto tempo? Una giornata da sola mi era anche capitato, soprattutto in estate, quando eravate tutti da qualche parte e la luce accompagnava fino a tardi la chiusura della giornata: alle otto me ne stavo ancora in veranda, godendomi in solitudine quel meraviglioso momento in cui tutto trascolora, prima di venir inghiottito dall'oscurità della notte.

Ricordi l'entusiasmo di Ali quando aveva scoperto il significato di *Samdhya* durante la nostra infelice vacanza a Vulcano? E di come quel concetto – anche se per te, e non solo per te, quella parola è rimasta sostanzialmente ostica – sia poi diventato parte dell'intimità delle nostre vite? Non si può parlare delle cose importanti sotto l'implacabile luce del sole e neppure nell'oscurità totale della notte: nel primo caso ci si ritroverebbe sicuramente a litigare, perché la luce piena eccita e rende ogni cosa piatta, mentre nel mondo avvolto dal buio si finirebbe per scivolare nella disperazione. *Samdhya*: tutto in realtà danza tra la luce e il buio, e solo la consapevolezza di questa danza ci dona la possibilità di agire seguendo la via della verità e della giustizia. Come il crepuscolo al termine del giorno ci svela con la pazienza di un vecchio saggio il segreto dell'esistenza – *tutto viene inghiottito dalla notte ma tutto anche risorge con il soffio dorato dell'alba* – così forse anche nella vita c'è un momento in cui si percepisce di essere arrivati sulla soglia di questa fragilità.

I primi di dicembre ho avuto un malore a scuola che ti ho tenuto nascosto fino a ora; tu lo sai, sono sempre stata fisicamente molto sana e non sono mai stata sfiorata dall'idea che, un giorno o l'altro, avrei potuto imbattermi in un inciampo; quando ero adolescente, nutrita dalla mia infelicità e da tanta letteratura, immaginavo la morte come qualcosa di folgorante o di eroico, di scenografico; poi per tutti gli anni della nostra vita adulta non ci ho più pensato, c'erano i figli, il lavoro, la casa; ma, un mese fa, a un tratto ho capito che la morte può anche bussare silenziosamente alla porta di servizio; nessuno strepito, nessun clamore, sta solo lì discreta in piedi e ti dice: «Ti aspetto».

Perché non te l'ho detto?

Perché non sono in pericolo immediato e volevo prendermi un tempo per riflettere sul da farsi. Avevi già in mente di partire con i tuoi amici del Cai, il volo di Ali per la Finlandia era stato prenotato: quando mai mi capiterà, mi sono detta, di passare una decina di giorni sola con me stessa?

Niente scuola, niente famiglia: io e i miei pensieri e basta.

Non era questa, forse, la più grande vacanza che mi potevo regalare?

Tra pochi giorni tornerete tutti e la casa si riempirà dei vostri passi, delle scie di disordine che lasciate regolarmente alle vostre spalle, continuando comunque a rimproverarvi a vicenda: *sei tu che lasci tutto in giro! No, tu sei più disordinato di me!* Si riaprirà la cucina e la grande macchina organizzativa di una famiglia di cinque persone più un gatto si rimetterà in moto.

Cosa ho fatto in questa vacanza?

Ho trascorso molto tempo sul divano, con Felix accanto, a scrivere lettere. Ho scritto ad Ali, ho scritto a Ginevra e ora scrivo a te. Sapere di averlo fatto mi dà una grande pace, un po' come quando a scuola non hai paura di venir interrogato perché sai di esserti preparato e hai perfettamente in mente quello che hai letto sui libri.

Dopo aver saputo un mese fa di avere questo problema, infatti, una sottile angoscia aveva iniziato a turbarmi: e se la luce nei miei occhi, nella mia mente fosse scomparsa all'improvviso, se il buio fosse piombato in me come piomba violento quando un temporale si abbatte sulla nostra casa, mandando in tilt il sistema elettrico? Se sei a casa, con la tempesta intorno, dopo un attimo di smarrimento, cerchi a tentoni una torcia – che non è mai nel posto dove dovrebbe essere – o qualcuno attiva quella del cellulare e prima o poi dei fiammiferi si trovano.

Ma se è la luce della vita a spegnersi?

Se l'ultima immagine è quella di un battibecco avuto sulla porta di casa per qualche futile ragione? Se l'ultima parola magari è un «no!» venato da un filo di rabbia?

Ma anche se l'ultimo gesto fosse un bacio, un abbraccio pieno di affetto, che cosa rimane di quel corpo improvvisamente freddo sdraiato nel mezzo della stanza?

Un tempo esistevano le lettere; si scrivevano i fidanzati, scrivevano i genitori ai figli, i figli lontani ai genitori, scrivevano milioni di soldati disperati costretti a combattere inutili guerre, e quelle brevi lettere spesso sgrammaticate rimanevano l'unica testimonianza delle loro brevi vite.

Ricordi quanto spesso abbiamo parlato negli ultimi anni dell'importanza della memoria e di come l'ablazione di questa facoltà abbia confinato le persone alla piatta realtà della rappresentazione? Non esiste più una pellicola di celluloide, un supporto materiale grazie al quale possiamo rivivere antichi momenti e dire: «Eccoci, noi siamo là». Le nostre vite sono ormai immateriali e questa immaterialità appartiene ad altri, non è più nelle nostre mani.

Già all'inizio del nuovo millennio avevi notato che i bambini stavano cambiando, non avevano più le malattie e le fragilità di un tempo ma ne mostravano altre ascrivibili a disturbi mai visti prima a quelle età: disturbi scientificamente etichettati e clinicamente controllati.

«Una volta c'erano i discoli» dicevi, «ora ci sono dieci sigle diverse per rinchiudere i piccoli in una gabbia dalla quale non usciranno mai più.»

Ti infervoravi, ti arrabbiavi anche, parlandone.

«Malati da subito, capisci?! Nasci e hai già una patologia da curare, ma la vera perversa patologia è quella di chi sostiene che la vita sia un cammino di omologazione. O ti adegui o sei malato. E adeguarsi vuol dire solo una cosa: obbedire a un sistema che, con l'arma del confronto, misura e distrugge tutto ciò che di umano rimane! Ormai la vita in sé è considerata una malattia.»

Proprio pensando anche a questo dolore, a questa tua rabbia – che in quanto insegnante non posso che condividere –, mi sono decisa a compiere questo piccolo gesto eversivo: rimanere a casa a scrivervi per capirvi, per capirmi meglio, per comprendere che tipo di strada sia stata quella che abbiamo percorso insieme fino a qui.

A volte, mentre sono nel mio silenzio e nella penombra, ho come la sensazione di essere su un batiscafo e di precipitare in una profondissima fossa marina – oscurità, oscurità e ancora più oscurità; di tanto in tanto appare il lampo di qualche creatura luminescente dalla dentatura ferocemente smisurata dotata di aculei intrisi di veleni mortali: la parata di fantasmi, al di là del vetro, è quella dei mostri che, prima o poi, quasi tutti si trovano a dover affrontare nel corso della loro vita. Ma in questi lunghi pomeriggi, in queste lunghe sere trascorse con Ali, con Ginevra e dunque, involontariamente, con mio padre e mia madre, e che ora passo con te e con Elia, di una sola cosa mi sono resa conto con assoluta evidenza: tutte le ferite che riverberano nel nostro corpo e nella nostra anima sgorgano da un'unica e universale sorgente, quella del non amore; e i suoi graffi, i suoi tagli, le sue abrasioni, invece di sanarsi, con il tempo si infettano, suppurano e si aggravano di generazione in generazione.

Mia madre sarebbe stata così se qualcuno nella sua infanzia l'avesse vista davvero, invece di pretendere unicamente da lei l'adempimento di un ruolo? Le rabbie di Ginevra, il suo alternarsi tra l'insicurezza e l'arroganza non dipendono forse da questa non autenticità che persiste attraverso le generazioni?

Quando tornerai ti dirò dove ho nascosto queste lettere, aggiungendo però un sortilegio che ti colpirà se ti verrà in mente di aprirle, o anche solo di sbirciarle o consegnarle alle nostre figlie prima del giorno in cui non sentirete più i miei passi accanto ai vostri qui sulla Terra; ma, nel momento in cui lo scrivo, so già che è totalmente inutile perché tu sei un uomo giusto e retto e non faresti mai una scorrettezza del genere.

In questi anni, a volte, mi sono trovata a rivivere il momento in cui ci siamo casualmente incontrati a quel convegno, e la strana reazione che ho avuto quando ti ho visto seduto con i tuoi colleghi al bar, come se una parte misteriosa di me stessa mi avesse spinto a dire: non è il mio tipo!

Non ho mai osato chiederti se anche tu per caso, nel vedermi, fossi stato abitato da un pensiero simile: probabilmente nel tuo immaginario era sedimentato un'ideale femminile che ti era più familiare: donne concrete, pratiche, capaci di tirare la sfoglia per i tortelli con la stessa incurante facilità con cui io rispondevo al telefono, maghe del forno e della lievitazione, in grado di sfornare senza sosta pane, pizze, focacce e ciambelloni come se niente fosse.

Nei miei primi periodi a Capracotta avevo cercato con tutta la mia buona volontà di imparare da tua madre – lei era davvero stupefatta dalla mia goffaggine – e, una volta sposati, avevo tentato di deliziarti con gli stessi manicaretti ma i risultati, come ben ricordi, erano stati catastrofici: niente lievitava come avrebbe dovuto e la sfoglia che facevo per i tortellini sfuggiva a qualsiasi uniformità: restavano solo uova e farina che si rifiutavano caparbiamente di stare insieme.

Ero davvero avvilita.

Del resto, mia madre non aveva mai cucinato né mi aveva mai insegnato a farlo e nella mia vita di giovane adulta mi ero sempre nutrita con la frettolosa e triste dieta dei *single*.

Vedendo la mia desolazione, tu scoppiavi sempre a ridere. «Non ti ho mica sposata per aprire un negozio di pasta fresca!»

Volevo renderti felice ma non era quella, evidentemente, la via che mi avrebbe aiutato a farlo; non avrei mai potuto competere con tua madre, tua zia o tua nonna ed è forse questa la vera ragione per cui mi hai scelto: ero letteralmente ai loro antipodi e questo ti ha fatto intravedere una strada diversa da percorrere insieme.

Molti uomini sposano il clone della propria madre, come molte donne scelgono la copia conforme del proprio padre; questo forse garantisce un avanzare senza scossoni ma nella quiete apparente non è detto che non vi siano in agguato minacce piuttosto serie.

Quando si pensa al non amore, all'eterna ferita suppurante, si immagina spesso una situazione di grave abbandono, di trascuratezza, di violenza, ma non è così; anzi, credo si possa quasi dire che una condizione di non amore conclamato sia, in qualche modo, molto più fertile umanamente perché, se non si ha nulla alle spalle, se si sa di non avere nulla e dunque se si riesce a superare la disperazione, si è liberi di rinascere in un'altra dimensione; se invece l'amore scelto è ispirato dal clone, si vive sotto il segno della contrattazione, non si vede mai davvero l'altro, si nota soltanto la distanza che lo separa dal modello originale, da quello che lui/lei avrebbe dovuto essere.

Così, la vita di ogni giorno si trasforma in una danza di rancori.

Non sei quella che credevo!

Neppure tu!

Quante coppie di amici apparentemente solide abbiamo visto andare a picco in questo modo.

Comunque, se tu non ti fossi avvicinato a me a quella fermata dell'autobus, io non lo avrei mai fatto e dunque non posso non chiedermi che cosa tu abbia visto in me, dato che non ricalcavo alcun modello ancestrale né ero portatrice di quella bellezza appariscente che tanto affascina gli uomini.

Te l'avevo già chiesto prima che ci sposassimo, ricordi?

«Perché proprio io?»

L'idea del matrimonio mi terrorizzava.

«Perché ti amo» mi avevi risposto, senza però rilanciare la domanda «Mi ami anche tu?» come di solito fanno gli innamorati.

Non me l'avevi posta, penso ora, perché non volevi spingermi a un falso sentimentalismo: tu vedevi qualcosa in me che io non ero ancora in grado di capire; accanto a te provavo una serenità mai avuta prima, ma essere costretta a dire «ti amo» mi avrebbe fatto sentire ridicola e falsa. Ti avevo ripetuto la domanda anni dopo, quando avevamo scoperto che Ginevra era in arrivo, e tu mi avevi risposto: «Perché sei una persona che cerca sempre la verità nelle cose».

Ora, dopo tanti anni di vita comune, dopo tutto quello che abbiamo vissuto insieme, credo di avere in mano la tessera mancante del puzzle: la mia attrazione per te stava proprio in questo, tu vivevi la verità della vita senza ombre e senza tentennamenti; il confine tra il bene e il male per te era chiarissimo, così come il fatto che aleggiasse, su tutta la complessità del vivente, l'ombra del sacro e che quest'ombra proiettasse inevitabilmente sui nostri cuori il sentimento del timore.

«Cancellare il timore» mi hai detto pochi mesi fa «vuol dire rendere l'uomo capace di compiere qualunque atto, senza alcun rimorso. Lo vediamo ogni giorno, sempre di più.»

Il bene e il male *prêt-à-porter* erano per te un puro abominio e questo è il monito che hai dato ai nostri figli. La vita non è un pomeriggio in altalena, non ci si barcamena avanti e indietro tra quello che ci fa più comodo, bisogna scegliere da che parte stare e solo questo ci rende davvero umani; perciò fare il medico, più che una professione, è stata per te una missione.

«Ci sono tanti scandali nel mondo» mi avevi detto «ma la sofferenza dei bambini, degli innocenti, è quello più grande di tutti.»

Oltre che essere un bravo diagnostico, sei brillante, avresti potuto fare una carriera da barone supersonica; invece hai preferito rimanere al fronte, perché l'unica cosa davvero importante per te è vedere un tuo piccolo paziente tornare a sorridere.

Comunque, per quanto uno si sforzi di analizzare e di capire percorrendo la via della razionalità, è inevitabile arrivare a un punto in cui si è costretti ad alzare le mani e dire come i soldati: «Mi arrendo!». Sì, mi arrendo di fronte alle leggi indecifrabili che governano gli incontri; mi arrendo davanti alle porte che si aprono e quelle che non si aprono, davanti a quelle che ci si intestardisce di voler aprire o di fronte a quelle che sono spalancate, ma che ci si rifiuta di imboccare.

Una sera prima di addormentarmi, pensando a questo, mi è venuta in mente un'immagine piuttosto buffa: ho visto la Sala Arrivi di un vasto aeroporto in un giorno di grande affollamento; migliaia di persone sciamavano verso l'uscita mentre ce n'erano altre immobili che aspettavano, reggendo in alto un cartello con sopra scritto un nome: *Mister Tal dei Tali. Miss Tal dei Tali.*

Forse la parte immateriale di noi gira con in mano un cartello simile fin dall'istante in cui veniamo al mondo: sul mio c'era scritto *Davide*, sul tuo *Chiara* e abbiamo girato per anni con quella dicitura sopra la testa. Abbiamo però nomi molto comuni: se tu ti fossi chiamato Radames e io Desdemona sarebbe stato più semplice ma quanti Davide e quante Chiara avevamo vicendevolmente incrociato in tutti quegli anni? Eppure, soltanto quando tu mi hai visto quel giorno, piuttosto scialba, anonima e non interessata a te, nel tuo cuore c'è stato un piccolo trillo; quel breve suono deve aver spalancato un'altra dimensione del tuo sguardo e ti ha fatto comprendere che quella giovane donna era proprio la Chiara che aspettavi.

All'epoca io non ero in grado di percepire alcun trillo, alcuna vibrazione; soltanto molti anni dopo – quando abbiamo visto fluttuare la prima immagine di Ginevra in bianco e nero sullo schermo dell'ecografo, quando abbiamo sentito, come un fiume che rompe gli argini, irrompere nella piccola stanza il regolare e rumorosissimo battito del suo cuore – a un tratto ho capito dalla profondità delle mie viscere che eri proprio tu il Davide che stavo cercando.

Fin dall'inizio tra noi c'è stato un patto, quello di non parlare di tutto ciò che era stato prima; era stata una tua richiesta e sul momento mi aveva un po' turbata perché ero cresciuta nel mito della sincerità; quando ricevevo le confidenze delle mie poche amiche, infatti, per loro era normale aprirsi con franchezza: poter raccontare al compagno di turno che ce n'era stato un altro – o addirittura che l'altro era in contemporanea, magari a giorni alterni – sembrava il suggello di una raggiunta e moderna libertà; vivevamo risucchiati nel turbine del progresso e questo turbine triturava tutto ciò che era capace di costituire un legame.

A mano a mano che il nostro rapporto si intensificava ho capito però che avevi ragione; non sapere chi c'era stato prima era una forma di libertà: se avessi conosciuto le ragazze a cui avevi infranto il cuore a Capracotta o tutte le studentesse che palpitavano per te sui banchi dell'università sarei stata più felice? Probabilmente sapere di quella lunga fila immaginaria avrebbe provocato in me una sorta di inquietudine: quella dei nomi, dei volti, di tutte le parole e i gesti che vi eravate scambiati, oltre alla consapevolezza di dovermi accodare, un giorno, a quella lista. Ma dato che ho deciso ormai di aprire il baule e di tirare fuori, per la prima e unica volta, tutto ciò che custodisce, devo infrangere questo nostro patto; i bauli, si sa, contengono spesso scheletri ed è per questo che di solito li releghiamo nella soffitta della nostra mente e del nostro cuore.

Se si fosse trattato di una semplice avventura sentimentale, avrei anche potuto restare fedele alla nostra promessa ma gli scheletri in realtà sono due – quello di C. e quello di P. – e da troppi anni proiettano la loro ombra dentro di me, alterando anche i momenti più felici.

Una storia banale che più banale non si può.

Io la bruttina, la più scialba, la meno vista della scuola; lui il più bello, il più impegnato, il più desiderato. È stato lui ad accorgersi di me e a iniziare, sempre meno discretamente, a corteggiarmi e io, a un tratto, mi ero sentita sfiorare da quella particolare luminosità che si sprigiona nell'aria quando avvengono i miracoli.

Avrei compiuto presto i diciott'anni – ero al penultimo anno di liceo – e a un tratto mi ero sentita libera, a un tratto avevo pensato che un'altra vita fosse possibile.

Tante volte mi hai raccontato delle tempeste ormonali che, nel passaggio tra l'infanzia e l'adolescenza, sono in grado di stravolgere la personalità di una bambina: a diciassette anni ero ancora nel pieno di quella fase; mi sentivo come Cenerentola nel momento in cui il principe la vede e la invita a ballare; più sei stata non amata, più ti senti Cenerentola; e più ti senti Cenerentola, più di solito aspetti un principe, anche se non lo sai, perché se lui si accorge di te è evidente che anche tu, in realtà, sei una principessa; i principi non tendono mai la mano a una sguattera.

E così torniamo ancora una volta al baratro del non amore perché è sempre lì, per quanto tu sia colta, emancipata, libera e apparentemente sicura di te, che s'annida il sogno di qualcuno che venga a salvarti dicendoti: «Tu vali!».

Quell'anno C. aveva fatto la maturità, ricevendo in regalo una fiammante moto rossa. Quella moto era stato il nostro destriero, la zucca magica con cui andavamo in giro per il mondo. Era un'estate torrida e anche noi in qualche modo eravamo in fiamme; tutto era fatto di istanti febbricitanti; scambiavamo la notte per il giorno e viceversa; C. aveva comprato una piccola tenda e avevamo passato l'estate andando a zonzo così.

Nell'autunno di quell'anno, dopo che C. si era trasferito a Bologna per frequentare l'università, avevo scoperto di essere incinta. Quando gliel'avevo comunicato, era stato presente e disponibile; mi aveva abbracciata, dicendo: «Non ti preoccupare, ti aiuterò a risolvere il problema».

Mi sentivo molto smarrita, non avevo mai pensato a un inciampo del genere ma, al tempo stesso, ora lo posso confessare, si era aperta una piccola crepa nel mio cuore.

Dal momento in cui avevo saputo del risultato del test a quando eravamo riusciti a incontrarci di persona era passata una settimana e in quei giorni, come un *trailer* ossessivo, avevo continuato a ripetermi la scena – io che dicevo: «Aspetto un bambino» e lui che mi abbracciava con una gioia sconosciuta sul viso commentando: «È bellissimo!» – ma era sempre il principe immaginario a parlare, non il diciottenne C. che ora stava di fronte a me. Per questo la vita che si stava formando in me era diventata ciò che concretamente era.

Un problema.

Io ero all'ultimo anno di liceo, lui al primo dell'università, non avevo mai pensato alla maternità come a un evento che mi potesse minimamente sfiorare e non ho alcun dubbio sul fatto che, se non ci avesse pensato C., di sicuro lo avrebbero fatto i miei genitori. *Non vorrai mica rovinarti la vita, no*?

Da quel momento ho soltanto ubbidito, come un automa: ero portatrice di un problema e quel problema andava risolto in tempi abbastanza brevi; c'erano persone in grado di farlo nel migliore dei modi, bastava solo che mi affidassi a loro.

Dopo venti giorni, C. mi aveva accompagnato in una clinica privata e il giorno dopo era venuto a riprendermi. «Tutto bene?» «Sì, tutto bene» avevo risposto con un tono da adulta e con la pacatezza di chi – come direbbe Ginevra – si era semplicemente tolto un dente: in fondo mi sentivo anche un po' eroica per aver affrontato, per amore di C., una specie di intervento chirurgico: in qualche modo, quel sangue versato mi sembrava un patto che ci avrebbe tenuti uniti per sempre.

Avevo passato la notte da lui poi ero tornata a Ferrara, riprendendo la mia vita consueta; le sue telefonate avevano continuato a diradarsi; quando lo chiamavo io, mi sembrava di percepire una nota diversa nella sua voce, avrei voluto raggiungerlo per il suo compleanno ma mi aveva detto che era meglio di no perché doveva studiare; quando finalmente ero riuscita a raggiungerlo un fine settimana, aprendo un armadietto in bagno avevo scoperto degli oggetti femminili che non erano miei. Non avevo fatto domande, né scenate, né sono esplosa in pianti dirotti: tra noi non c'era più niente e contro il niente non si può lottare.

La sera della domenica, in stazione, l'avevo baciato come sempre e non mi ero più fatta sentire.

«Come sta C.?» mi aveva chiesto mesi dopo mia madre.

«Studia come un pazzo» le avevo risposto con l'indifferenza con cui si parla delle realtà che non ci riguardano.

Mi ero buttata in uno studio matto e disperatissimo; per scaricare l'energia fisica saltavo in bicicletta e pedalavo per ore verso il mare.

Ricordo di essere stata travolta, nel mese di maggio, da un turbine di semi di pioppo: non era molto diverso da una bufera di neve, i candidi fiocchi si posavano sul mio volto, sul mio corpo, su tutto il terreno intorno. Ne avevo preso uno in mano: il minuscolo seme era nascosto da una morbida e compatta nuvola di fibra vegetale, era lei a permettergli di andare in giro per il mondo alla ricerca del luogo migliore dove crescere, era lei a proteggerlo dagli appetiti degli uccelli, era lei a mantenere intorno a esso il giusto di livello di umidità per consentirgli di germogliare: il seme stava lì in mezzo, come un piccolo re seduto su un trono.

Tutto ciò che deve nascere, avevo pensato allora, è avvolto e protetto da qualcosa e improvvisamente, senza sapere perché, ero scoppiata a piangere. Solo parecchio tempo dopo mi era tornata alla mente una frase che mi aveva detto il medico, firmando i moduli per le dimissioni.

«Non si preoccupi se nei giorni prossimi sentirà un po' di dolore. È più che normale perché l'utero adesso è vuoto e deve tornare alle sue dimensioni normali.»

Vuoto vuoto vuoto.

Da quel momento – come il suono sordo di un gong che non può espandere la sua eco nell'aria ed è costretto a tornare contro il piatto di bronzo – quel termine ha iniziato a risuonare dentro di me fino a trasformarsi nella mia stessa vita.

Una persona che si arrampica sugli specchi per sopravvivere è perfettamente consapevole dell'inutilità di questa fatica perché vede sempre sotto di sé quel buco nero pronto a inghiottirla.

Quando ti ho incontrato ero in questa condizione sospesa, convinta che niente sarebbe mai potuto cambiare; non intravedevo alcun orizzonte verso il quale dirigermi, stavo solo lì attaccata a quel vuoto come i gechi sulle pareti con le loro zampe a ventosa.

Non avendo avuto un'educazione religiosa, non avevo mai pensato alla conseguenza del mio gesto in questi termini; i sensi di colpa mi sembravano materia per psicologi; il peccato e il castigo realtà uscite dai libri sull'Inquisizione.

Convivevo così con quella voragine senza essere in grado di darle un nome; con il tempo, anzi, avevo cominciato a conoscerla, a fidarmi di lei; invece di rimanere abbarbicata al muro avevo iniziato a fluttuarvi sopra.

Il vuoto e io eravamo ormai due entità inscindibili.

Era quell'abisso interiore, l'aver ospitato la vita e non averlo capito, a privarmi di qualsiasi progettualità sul futuro.

Studiavo intanto il processo della fecondazione sui libri di biologia, sottolineando con l'evidenziatore e ripetendo a memoria:

Dei trecento milioni di spermatozoi di un'emissione, soltanto un migliaio riesce a raggiungere la tuba, tutti gli altri muoiono nel tentativo di trovare la strada. Per avere successo, gli spermatozoi devono iniziare il loro viaggio nei cinque giorni che precedono l'ovulazione. Una su dieci la possibilità di concepimento nei giorni prima, una su tre quando l'ovulazione ha luogo il giorno stesso dell'arrivo.

Ripetevo questi passaggi meccanicamente, senza essere sfiorata dal pensiero che anche P. fosse stato frutto di questa corsa, come lo ero io e tutte le persone che sono venute al mondo, come lo è anche il gatto che dorme accanto a me sul divano in questo momento.

Comunque, già allora una cosa mi faceva sorridere e per questo era stato facile memorizzarla: l'ovulo è ottantacinquemila volte più grande dello spermatozoo e scende nella tuba soltanto quando è pronto: lì lo attendono i poveri spermatozoi sopravvissuti che lo vedranno planare come una meravigliosa navicella spaziale; quella navicella ha una vita brevissima rispetto alla fila dei passeggeri che aspetta di imbarcarsi – dodici/ventiquattro ore contro sei giorni – ma imbarca solo un passeggero e subito dopo ritira le passerelle, chiudendo tutti i boccaporti perché quello, e non un altro, doveva salire a bordo.

Prestazione atletica?

Causalità?

Legge del più forte?

Oppure, mi sono trovata a pensare dopo la nascita di Ginevra, in questa sorta di arrembaggio si nasconde qualcosa di infinitamente più complesso e insondabile?

Se in quell'atto segnato dall'accettazione o dal rifiuto fosse scritto il codice dell'anima?

Se il destino dell'essere si compisse in maniera inesorabile proprio in quell'istante? Tutto ciò che sarai e non sarai, dal colore degli occhi alle più complesse inclinazioni del carattere, dipende in fondo da quell'incontro avvenuto in un caotico parapiglia di minuscoli girini.

Ma se caotico apparisse soltanto ai nostri occhi?

Se, in realtà, in quella ressa da stadio si celasse il più rigoroso degli ordini? L'ordine del karma, quello del destino per cui fin dall'inizio del mondo tu puoi essere quello e soltanto quello. La vita ti chiama e tu rispondi, sembri apparire dal nulla ma in realtà, dentro di te, sono già scritti migliaia di anni. Venendo alla luce, ne riceviamo in dono appena una manciata.

Cosa fare di questo breve spazio è – o meglio era – il problema che assillava gli esseri umani; ora questo problema sembra essersi in qualche modo dissolto.

Siamo nati per consumare, così ci viene detto fin dalla culla.

Ma tutta la disperazione che vediamo intorno a noi, le decine e decine di bambini che passano nel tuo studio con lo sguardo smarrito, non sono forse segno di questa totale assenza di senso? Una rana può vivere avendo come orizzonte il suo stagno, ma un essere umano? Si può accettare di avere una sola dimensione e per lo più imposta da entità oscure che tutto sembrano volere tranne che il nostro bene?

Quante volte, in quanto genitori, ci siamo interrogati sull'ansia che ci prendeva – e ci prende – quando siamo assaliti dal dubbio di aver sbagliato con i nostri figli, rendendoli in qualche modo dei disadattati rispetto alla società nella quale si trovano a vivere, eppure ogni volta abbiamo convenuto che non avremmo potuto fare in altro modo perché era la nostra stessa coscienza ad avercelo imposto, e con la coscienza non si discute.

A questo punto, però, non posso non tornare ai primi anni del nostro matrimonio, quando volevamo tanto un bambino e il bambino non arrivava; tutto, fisiologicamente, sembrava essere a posto, avevamo consultato vari luminari, tu passavi ore con le ecografie, le analizzavi sul tavolo come dovessi risolvere un rompicapo. Da un certo giorno in poi, però, non hai più parlato, i nostri sguardi si sono incrociati, non ricordo né dove né quando, ma ho ancora ben presente la sensazione di profondo disagio: a un tratto mi sono sentita nuda davanti ai tuoi occhi come se ciò che avevo taciuto ti fosse stato svelato.

Invece di continuare a propormi nuove e avanzate tecniche di indagine, una domenica, durante una delle nostre gite in montagna, ti sei girato verso di me e hai detto: «Allora adottiamo!».

Ne sono rimasta spiazzata, non ci avevo mai pensato, ma dopo qualche settimana di riflessione ti ho detto di sì.

Anni dopo, mentre ci preparavamo ad accogliere Ali, la mia macchina ormonale si è rimessa in moto.

Con il senno di poi, credo di aver capito quando è successo: è stato il giorno in cui ho finalmente deciso di mettere le lenzuola e appendere i quadretti nella sua cameretta per rendere accogliente il suo arrivo. Quella mattinata, altrimenti così ordinaria, mi aveva messo addosso una sorta di inedita euforia, era come se sentissi qualcosa cambiare dentro di me, come se la chimica del mio corpo avesse detto: *sì, questa persona è capace di accogliere*, trasformando il mio utero, fino ad allora attraversato da venti siberiani, in un morbido tappeto di pappi di pioppo; la traccia lasciata da P. – *qui è meglio non radicarsi* – era scomparsa; è riapparsa soltanto, come un breve lampo di disagio, quando ci eravamo recati a fare la prima ecografia di nostra figlia.

Anche per P. avevo dovuto ricorrere all'ecografo ma il dottore non me lo aveva mai fatto vedere: non aveva nome, non aveva un volto, nessuno lo stava aspettando né aveva comprato un completino per lui: P. era solo un problema e doveva sparire per permettere alle nostre vite di tornare quelle di sempre.

Né prima né dopo l'intervento il dottore ha usato le parole «bambino», «feto» o «embrione»: diceva «questo» o «quello» tanto che, nella mia giovanile ignoranza, ero convinta che non si trattasse d'altro che di un confuso coacervo di materiale biologico senza volto.

Più che un essere umano, P. era stato un tumore, un proliferare di cellule maligne da estirpare il più in fretta possibile.

Le prime immagini di Ginevra hanno spazzato via dalla mia mente ogni residuo di ipocrisia. P. e quell'essere in movimento sul monitor davanti a noi erano esattamente la stessa cosa: due persone che si stavano formando nel ventre di una donna; il battito del mio cuore era il primo suono che avevano sentito nella loro vita, riconoscevano già la mia voce e quella del loro padre, percepivano già, attraverso i mutamenti ormonali, ogni mio cambiamento di umore.

Non dovrebbe far riflettere che sia il cuore e non il cervello il primo organo a formarsi nell'essere umano? È lì il vero centro della vita: senza il suo pulsare, la materia grigia non potrebbe partorire neppure una delle sue complesse elucubrazioni.

Poco dopo la nascita di Ginevra mi avevi raccontato di aver letto uno studio sul rapporto tra i neonati e il battito cardiaco delle loro madri: per quanto a noi adulti possano sembrare tutti uguali, in realtà ogni neonato è perfettamente in grado di distinguere il battito della propria madre da quello di tutte le altre.

Ti devo confessare che da quando me lo avevi comunicato, circa diciotto anni fa, nei momenti più imprevisti dei miei giorni e delle mie notti compariva in sottofondo un flebile ticchettìo non molto diverso da quello delle vecchie sveglie. *Toc toc toc.* A volte era stato talmente forte da spingermi ad andare dall'otorino, uscendone naturalmente senza nessuna diagnosi.

Sai che sono molto riservata e non parlo con facilità dei miei pensieri, ancor meno dei miei turbamenti con persone che non conosco eppure otto anni fa, durante una gita a Roma con la classe, mi è successa una cosa strana.

Dopo aver visitato il Bioparco, ci eravamo fermati a consumare un pranzo al sacco a Villa Borghese dove, nel pomeriggio, era prevista una visita alla Galleria di Arte Moderna. I ragazzi non erano molti e per fortuna erano disciplinati, per cui avevo deciso di restare ad aspettarli al parco, affidandoli all'insegnante di lettere.

Era maggio e faceva già molto caldo. Dopo aver preso un'aranciata a un chiosco, ero andata alla ricerca di una panchina ombreggiata; ce n'erano diverse libere ma senza neppure pensarci mi ero seduta accanto a un anziano sacerdote.

Per un po' mi ero dedicata ad aggiornare la chat di classe sulla nostra gita romana poi avevo rimesso lo smartphone nella borsa, iniziando a osservare due merli maschi che si stavano contendendo il territorio.

«Vuole parlarmi?» mi aveva chiesto all'improvviso il sacerdote.

«No» avevo risposto d'istinto, sorpresa. «Perché?»

«Perché ci sono sei panchine libere» aveva ribattuto, chiudendo il breviario, «e lei si è seduta proprio vicino a me. Di solito le persone preferiscono stare da sole. Ha qualche peso sul cuore?»

«No!» avevo risposto con eccessivo vigore, ma subito dopo mi era uscito un flebile sì.

Avevamo così parlato per un po'; nonostante l'età avanzata, i suoi occhi avevano una straordinaria limpidezza. Ero in gita scolastica, gli avevo detto, e stavo aspettando la mia classe.

«Ma non è questo il peso.»

«No.»

Eravamo rimasti un po' in silenzio osservando le rare persone che ci passavano davanti grondanti sudore facendo jogging; poi mi ero girata e gli avevo chiesto: «Quando si è compiuto il male, cosa si può fare?».

«Già rendersene conto è una Grazia» aveva risposto. «Bisogna chiedere perdono, cercare di riparare.»

In quel momento mi sentivo come sospesa su una cengia senza nessuna corda, nessun chiodo, nessuna imbracatura; malgrado sentissi il terreno sbriciolarsi sotto i piedi ho ribattuto: «In che senso?».

«Tornando indietro e smettendo di compiere azioni di cui ci si può pentire.»

«E se non fosse più possibile riparare?»

L'anziano sacerdote mi aveva fissato in silenzio, costringendomi ad abbassare lo sguardo; quante confessioni di quel tipo, mi ero detta, doveva aver ascoltato nella sua vita. Poco lontano uno dei due merli aveva iniziato a cantare con vigore, doveva aver vinto la contesa del territorio.

«Vivere è comunque un continuo atto di riparazione e poi» aveva aggiunto il sacerdote sorridendo «per nostra fortuna in Cielo c'è molta più misericordia che in Terra. Finché si vive si può sempre riparare.»

A quel punto gli occhi mi si erano riempiti di pianto e le lacrime avevano cominciato a scendermi lungo le guance come prigioniere che finalmente avessero trovato la porta della libertà.

Quando avevo raggiunto la mia classe, per giustificare lo stravolgimento ancora visibile nei miei occhi e sul mio volto, avevo tirato in ballo i pollini dei platani che, per fortuna, vorticavano in abbondanza nell'aria.

Avevo continuato a piangere anche nella triste camera dell'albergo dove eravamo alloggiati, poi mi ero addormentata sfinita, abitata da una serenità che credevo ormai impossibile provare.

Quel pomeriggio il figlio mio e di C. aveva abbandonato la dimensione di P., il problema, e si era trasformato in P., una persona, il mio caro, sfortunato e troppo tardi amato bambino.

Così quella gita a Roma e quell'incontro avevano portato con sé la consapevolezza che il perdono è una grande forza liberatoria, ma lo è quando viene concesso da un altro – piccolo o Grande che sia – mentre se ce lo concediamo da noi stessi si tratta soltanto di autoindulgenza, e l'autoindulgenza trasforma la nostra quotidianità in una confortevole cella.

Di solito le gite con la scuola erano per me motivo di grande sfinimento e quando riapprodavo a casa ero generalmente distrutta, invece da quelle giornate romane ero tornata sfavillante di gioia.

Appena entrata, ti avevo stretto a me in un abbraccio di un'intensità a me sconosciuta e tu avevi subito percepito quel cambiamento.

«Non è che a Roma hai incontrato qualcuno che ti ha fatto battere il cuore?»

Stavamo per iniziare una delle immangiabili cene cucinate da te. «Sì, magari un facocero» aveva commentato Ali e Ginevra si era intromessa.

«Facocero? Ma che dici? Solo un bisonte potrebbe fare concorrenza a papà.»

Quella sera eravamo tutti allegri, quasi euforici.

Ero stata lontana soltanto quattro giorni ma in realtà era come se fossi tornata da un lungo viaggio in un altro continente. Partita con un'invisibile e pesantissima valigia, ero rientrata senza zavorre e quell'assenza di peso mi metteva inspiegabilmente di buon umore.

Il gioco dello zoo era andato avanti per un bel po' durante la cena. Ali e Ginevra avevano discusso a lungo su quale animale avresti potuto essere tu, per poi continuare disputando intorno a una mia somiglianza biologica. Per Ginevra ero un istrice, per Ali un armadillo. Evidentemente ai loro occhi quella della difesa era la mia dimensione. Quando poi avevano affrontato la propria, si erano identificate con volatili: Ali, un fenicottero: Ginevra, una civetta.

«Perché civetta?» avevi chiesto a tua figlia.

«Perché nessuno potrebbe vedermi, ma io potrei vedere quello che gli altri non vedono.»

Quanto di me c'era in quella risposta!

Ma anche quanta verità della vita!

Noi scherzavamo leggeri e allegri come poche volte ci era capitato e non sapevamo ancora che, su quella meravigliosa serata incombeva un'ombra che nessuno di noi, neppure la civetta di Ginevra, era stata in grado di intravedere.

Possiamo immaginare la nostra vita come una sorta di navigazione? C'è chi parte con un panfilo e chi su una barca a remi, entrambe le imbarcazioni dovranno affrontare tempeste; il panfilo, certo, sarà più attrezzato della scialuppa ma, inevitabilmente, anch'esso dovrà imbattersi in qualche sorpresa e, tanto più si fiderà delle sofisticate apparecchiature, tanto più la sorpresa sarà amara.

Il mare può essere calmo, un po' mosso, molto mosso, in tempesta: tutto questo l'occhio lo vede ed è in grado di valutare il rischio e la manovra giusta da compiere per evitarlo. Ma, oltre ad avere una superficie, il mare ha anche vaste profondità, assolutamente sconosciute ai nostri sensi; il «sotto» non è costituito soltanto da pianure infinite, da montagne altissime e vulcani che eruttano; laggiù si aggirano anche i capodogli e i calamari giganti, capaci con i loro smisurati tentacoli di avviluppare un'imbarcazione e di trascinarla con sé negli abissi. Delle profondità subacquee esistono ormai molte mappe, come della superficie, ma comunque rimangono perlopiù invisibili: un'eruzione può modificare lo spessore del fondale. Puoi avere un radar, certo, ma può anche darsi che il radar non funzioni e tu non te ne accorga così, con il vento in poppa, il mare calmo e il sole che splende rassicurante sopra di te, tu navighi allegro verso lo scoglio che brutalmente fende il tuo scafo: non avrebbe dovuto esserci ma c'era, e quando tu te ne rendi conto è troppo tardi per qualsiasi rimedio. La falla è aperta e il tuo destino è solo quello di affondare.

Quanto tempo era passato dal mio ritorno da Roma? Non più di qualche settimana. Avevi avuto un periodo di super lavoro ed eri molto stanco, per cui ti eri preso un paio di giorni di riposo; per il tuo equilibrio muoverti era fondamentale anche quando eri nel più profondo sfinimento, una camminata sui monti, una biciclettata ti rimettevano in sesto.

«Perché non vai a fare una gita in montagna con i tuoi amici?» ti avevo detto quella mattina, ma era un giorno infrasettimanale e tutti lavoravano; così avevi deciso di andare a fare una pedalata nel parco fluviale del Taro.

«Mi piace guardare l'acqua» mi avevi detto facendo colazione. «La guardo scorrere e mi sembra che mi porti via tutti i pensieri... In questa stagione poi i fiumi sono un trionfo di vita, per chi non è allergico, naturalmente» avevi concluso da buon medico.

Che tu avessi dimenticato il telefono me ne ero accorta quando già eri uscito da un po': non potevo telefonarti per dirtelo! Saperti non raggiungibile mi dava un po' di ansia, ma poi mi ero presa in giro da sola: la nostra generazione ha vissuto senza cellulare per gran parte della vita e adesso, se non l'abbiamo per un'ora, ci sentiamo praticamente nudi; magari, ho pensato, lo avevi lasciato a casa apposta per poter vivere una vera giornata di recupero. Ma non era da te.

Il cellulare, infatti, è un'appendice inseparabile del tuo corpo, ci tieni a essere sempre in contatto con le madri dei tuoi piccoli pazienti e per quello smartphone perennemente acceso anche di notte sul comodino avevamo spesso anche litigato. Non ho mai avuto motivo di essere gelosa di una donna, ma lo ero in qualche modo di quella piccola scatola luminosa capace di intromettersi tra di noi a ogni ora del giorno e della notte.

Quando ti chiedevo di spegnerla, rispondevi: «E se c'è un'emergenza? Le madri mi devono sempre trovare».

«C'è il centralino dell'ospedale» ribattevo.

«Sì, con il disco registrato... *per ortopedia prema uno, per oculistica prema quattro*... così avanti per ore. Se volevi una vita più tranquilla, potevi sposare un contabile» concludevi ogni volta. «Il dottore non è un mestiere come gli altri.»

Nonostante cercassi di rassicurarmi, vedere il tuo telefono spento sul tavolino dell'ingresso mi provocava una certa inquietudine.

Era il tempo degli scrutini, dunque ero uscita poco dopo di te per andare a scuola. Le ragazze, dato che le lezioni erano finite, si aggiravano sbadigliando per casa: non restare a letto oltre una certa ora era una nostra regola ferrea, ma ero certa che appena io fossi uscita si sarebbero fiondate sotto le lenzuola con lo smartphone in mano.

Quella telefonata da un numero sconosciuto è arrivata un po' dopo mezzogiorno: ero ancora in consiglio e comunque ho l'abitudine, come sai, di non rispondere ai numeri che non conosco. Dopo cinque minuti, però, ho visto comparire il numero di Ali.

«Scusate un attimo» ho detto allora e sono uscita dalla sala. Le mie figlie non mi avevano mai chiamata a scuola.

Ali ha risposto subito: «Ha chiamato papà».

«Ha avuto un incidente?»

«No, sì... cioè non lo so...»

«Come non lo sai? In che ospedale è?»

«Non è in ospedale» ha precisato Ginevra, accanto a lei. «È in questura. Ha detto se puoi andare a prenderlo.»

Sono tornata terrea nell'aula.

«Scusate, ho un'emergenza familiare» e poi, con i passi di un automa, ho raggiunto la mia automobile; nel breve tempo che ho impiegato per arrivare da te, i folli mostri degli abissi hanno assalito ogni mio pensiero, ogni mio sentimento.

Quando sono entrata come una furia nella stanza in cui ti stavano trattenendo e ti ho visto rattrappito su quella sedia di legno, la schiena curva e il volto nascosto tra le mani, ho capito che avevi incontrato uno scoglio che nessun radar era stato in grado di segnalare.

Ti ho portato a casa tenendoti per mano, come si fa con un bambino piccolo che non è ancora in grado di attraversare la strada; ti ho messo a letto, ma hai passato tutta la notte con gli occhi spalancati fissi al soffitto, come del resto hai fatto tutte le notti seguenti.

Cos'era successo me l'aveva raccontato la polizia.

Nella parte più impervia della ciclabile, invasa dalla vegetazione come una giungla, era stata trovata una ragazzina in stato di incoscienza con delle escoriazioni sul corpo: la sua bicicletta era riversa a terra e c'era un uomo corpulento, chino sopra di lei, che la stava toccando.

«Ma mio marito è un medico!» avevo gridato io.

«Una laurea in Medicina non è un attestato di santità» è stata la risposta del vicequestore. «Saranno le indagini e la giustizia a decidere che cosa stesse facendo.»

Soltanto una settimana dopo sei uscito dal tuo mutismo scoppiando in singhiozzi.

«Stavo solo cercando di salvarla» continuavi a ripetere. «Solo cercando di salvarla.»

Ali e Ginevra ti stavano sempre accanto cercando di tranquillizzarti. «Ma dai, papi, chi vuoi che ci creda a quello che dicono?»

Alla fine mi avevi raccontato lo scabro susseguirsi degli eventi: la pista ciclabile era quasi deserta, un'ora dopo la partenza ti eri imbattuto in questa ragazzina stesa a terra priva di sensi, non avevi con te la borsa da medico né il telefono, così ti eri chinato su di lei per cercare di capire il danno, per tentare qualche via per rianimarla, in attesa dei soccorsi; dopo un po', con tuo grande sollievo, avevi sentito arrivare alle tue spalle un'altra bicicletta e ti eri girato: era una donna, dotata per fortuna di telefono.

«Chiami il 118!» avevi gridato. E lei l'aveva fatto, ma subito dopo aveva chiamato anche il 113, il numero delle volanti. La situazione, infatti, non le era sembrata affatto chiara: quella ragazzina priva di sensi al suolo sembrava ferita e quell'uomo adulto corpulento con la barba, in tuta da ginnastica, la stava chiaramente toccando: gli effetti di quelle sinistre attenzioni erano piuttosto evidenti dato che la camicetta era stata strappata con forza e il suo piccolo seno riverberava illuminato dalla splendida luce di un mattino di giugno.

Tu eri la nostra roccia e la nostra roccia improvvisamente si era trasformata in sabbia; passavi quasi tutto il tempo sdraiato da qualche parte, rispondendo alle nostre domande soltanto con monosillabi. Nel frattempo, la vicenda era diventata di dominio pubblico, galoppando nella rete e sui media con l'energia inesausta di un branco di stalloni selvaggi. Il medico stimato da tutti, l'uomo retto e irreprensibile, si era trasformato nel *pediatra pedofilo*.

La chiacchiera malevola, si sa, fa parte della piccolezza umana e, se un tempo rimaneva relegata in qualche salotto o in qualche bar, ormai è in grado di raggiungere in pochi secondi ogni parte del mondo; e dato che la piccolezza si sottomette alla legge degli specchi che riflettendosi a vicenda ingrandiscono e deformano l'immagine che per prima vi compare, così quel piccolo fatto di cronaca aveva riversato sulla folla degli invisibili utenti immagini, ricordi, sospetti in grado di fornire una sempre maggior credibilità a quello che si vociferava fosse successo.

Alcune madri di bambine che tu avevi curato erano state la testa di ariete di questa truppa d'assalto: sì, più di una si era accorta durante una visita che il dottore indugiava un po' troppo con le mani sul corpo della loro figlia; un'altra, che era dovuta uscire un istante dalla stanza per rispondere a una chiamata di lavoro, quando era tornata aveva trovato la bambina in lacrime, mentre una terza era assolutamente certa che proprio dopo una visita dal dottor Mastronardi sua figlia avesse iniziato a soffrire di insonnia e di inspiegabili problemi psicologici, che ora si potevano attribuire con chiarezza ad abusi di quel tipo.

La notizia naturalmente era giunta anche a Capracotta; ancora mi strazia il ricordo di tua madre che, tra un singhiozzo e l'altro, non faceva altro che ripetere il tuo nome mentre tu, senza alcun vigore cercavi di tranquillizzarla: «Si sistemerà tutto».

Avevi preso un'aspettativa dall'ospedale e il giorno in cui eri andato a ritirare le tue cose, molti erano sembrati troppo indaffarati per salutarti; un solo collega ti aveva invitato a bere un caffè alla macchinetta e lì ti aveva dato una pacca sulle spalle, dicendo: «Che brutta storia! Speriamo che si risolva presto».

C'erano state, per fortuna, anche madri che ti avevano manifestato la loro fiducia e solidarietà, mandandoti messaggi in cui compariva l'*emoticon* con la lacrima, ma queste testimonianze non erano molto diverse dal flebile getto di un innaffiatoio che cerchi di estinguere un incendio. Ogni tanto te li leggevo, ma tu facevi un gesto infastidito con la mano come se volessi scacciare una mosca.

«La gente ha stima di te, perché non vuoi sentire?»

«Che importanza ha? Ormai la mia vita è finita» dicevi richiudendo gli occhi.

Dato il luogo impervio, i soccorsi erano arrivati con grande ritardo e quando la povera ragazza era stata presa in carico dall'ambulanza, i soccorritori non avevano potuto fare altro che certificarne la morte. Era la figlia unica di una coppia non più giovanissima: pochi giorni prima, per il suo compleanno, aveva ricevuto in regalo una bicicletta a lungo desiderata e quel giorno, all'insaputa dei suoi, per provarla era andata a fare quella pedalata sul Taro. I suoi genitori erano apparsi diverse volte in video: la madre piangeva affranta, il padre ripeteva, lo sguardo fisso nel vuoto: «Quel porco la dovrà pagare!».

A parte alcune uscite per andare in Questura a sottoporti a nuovi interrogatori, ai quali ti avevo sempre accompagnato, non ti eri più mosso di casa. Passavi il tempo tra il divano e il letto, tra il letto e il divano, con gli occhi chiusi o con lo sguardo fisso al soffitto.

La polizia postale intanto continuava a esplorare implacabile i contenuti del tuo computer, ripercorrendo tutti i collegamenti e le ricerche sul web degli ultimi tempi; avevano sequestrato anche il mio computer e quello delle ragazze perché, a loro avviso, era possibile che tu, a nostra insaputa, ti fossi collegato da lì per perpetrare i tuoi ignobili traffici.

I media, pur non avendo niente in mano, con grandi squilli di tromba aggiornavano quotidianamente il pubblico come avrebbe potuto fare un domatore di bestie feroci che, restando all'esterno del recinto, si diverta a mostrare loro interiora e brandelli di carne, per eccitarle. In rete era comparso anche un hashtag #medicomostro: una sorta di fogna a cielo aperto dove ognuno poteva scaricare con gioia perversa il peggio di sé. Lì ti auguravano ogni tipo di morti orribili e in queste atrocità venivano trascinate anche le tue figlie. La schiera di persone poi che si ricordava di aver avuto dubbi e sospetti sul tuo operato nel corso degli anni diventava ogni giorno più angosciosamente lunga.

Anche Ali e Ginevra subivano atti di bullismo da parte di amici. Bisognava attendere l'autopsia – che richiedevano tempo – e intanto ogni giorno, ogni ora, ogni secondo sentivo che stavi sfuggendo dal mio radar e da quello delle nostre figlie; ormai vivevamo con un ufo in casa, un oggetto non identificato: era stata Ginevra a definirti così ma tu non avevi reagito; non avevi più orari, non ti curavi, mangiavi distrattamente da solo quello che capitava.

Quando Ali e Gin, sfruttando il loro talento nel *cake design*, avevano preparato una torta meravigliosa per te con la scritta in marzapane FORZA PAPI! circondata da cuoricini, avevi detto grazie ma la tua voce aveva la fredda lontananza di un'altra galassia.

Si può vivere ignorando il male? mi chiedevo in quei giorni, guardandoti: la battaglia che combattevi da anni contro quello del corpo non ti aveva forse portato a dimenticarti di quest'altra dimensione che innervava tutta la realtà?

Tu eri un uomo giusto, in te non c'era alcuna malizia, alcun pensiero che non fosse ispirato da una nobiltà dell'anima; ti sentivi come una quercia possente in mezzo alla radura, dimenticandoti che gli alberi grandi e solitari sono quelli che il cielo prescelgie per venire colpiti da un fulmine.

Nello sguardo attonito che avevi in quelle settimane leggevo con chiarezza lo stupore per quello che ti era successo: l'essere giusto in sé non era un lasciapassare per l'intoccabilità; anzi, alla prima scintilla, la paglia aveva iniziato a crepitare con più facilità. Sì, il fuoco ti aveva avvolto come un tempo lambiva gli eretici sul rogo; rispetto all'epoca che stavamo vivendo, tu certamente eri un eretico perché la nobiltà d'animo è la più grande delle eresie; per lo spirito del tempo, vedendo quella ragazzina riversa a terra avresti dovuto semplicemente tirare dritto: nessuno ti aveva visto, non c'erano telecamere, saresti tornato a casa, avresti detto: «Ho passato una bellissima giornata» e di quel corpo in mezzo alla sterpaglia avresti avuto notizia soltanto il giorno dopo da qualche trafiletto di cronaca – *Adolescente trovata morta sulle rive del Taro. Indagini in corso.*

La nostra vita, così, non avrebbe avuto nessuno scossone, nessuna battuta di arresto, ma sarebbe stata davvero ancora la nostra vita? O non saremmo piuttosto entrati nel grande circo della finzione, quello in cui vivono tutte le persone che considerano la coscienza come inutile ciarpame? Non era forse la nostra coerenza che, malgrado tutti gli alti e bassi degli anni, ci aveva tenuti insieme? Ora eravamo andati a sbattere su quello scoglio acuminato e lo scafo stava imbarcando acqua ma, nonostante ciò, eravamo ancora a galla e in questo precario galleggiamento la maturità affettiva delle nostre amate figlie mi era di conforto.

Nel frattempo, anch'io avevo finito la scuola.

Che io fossi o meno a casa pareva esserti indifferente ma non era indifferente per me esserti accanto. E un pomeriggio, mentre sembravi dormire sul divano e io me ne stavo sulla poltrona vicina con un libro in mano, avevi aperto gli occhi dicendo: «Perché non mi leggi una poesia?».

Quella richiesta mi aveva sorpreso: la letteratura era una strada che non avevamo mai percorso insieme; non che le fossi ostile o che la rifiutassi, solo che il tuo spirito pratico e l'impegno professionale non ti lasciavano il tempo necessario per poterti abbandonare a questo piacere. «Quando andrò in pensione» dicevi spesso, «recupererò tutti i libri perduti.»

«Quale poesia vuoi?»

«Non so... anche una di quelle che abbiamo imparato a scuola.»

«*Canto notturno di un pastore errante dell'Asia*?»

«Sì.»

Così abbiamo iniziato a ripetere insieme.

Che fai tu, luna, in ciel? dimmi, che fai,
silenziosa luna?
Sorgi la sera, e vai,
contemplando i deserti; indi ti posi...

Nessuno di noi però la ricordava tutta. Rammentavamo invece benissimo *L'infinito* e

questa siepe, che da tanta parte
dell'ultimo orizzonte il guardo esclude.

Come anche il X *agosto* di Pascoli con la piccola rondine uccisa

che tende
quel verme a quel cielo lontano;
e il suo nido è nell'ombra, che attende,
che pigola sempre più piano.

Riandando a quelle immagini risalenti ai tempi della scuola avevo notato, per un attimo, la luce del tuo sguardo cambiare, come se fossi stato attraversato da un'emozione che stentavi a trattenere.

«Potremmo leggerne delle altre?» avevi poi detto, dopo un lungo silenzio.

Così, in quelle giornate di assoluta desolazione, l'angolo della poesia era diventato la nostra minuscola zattera. Avevi scoperto Alda Merini e io ti leggevo:

Tu non sai: ci sono betulle che di notte levano le loro radici, e tu non crederesti mai che di notte gli alberi camminano o diventano sogni. Pensa che in un albero c'è un violino d'amore. Pensa che un albero canta e ride. Pensa che un albero sta in un crepaccio e poi diventa vita.

Come un bambino che ascolta una fiaba e vuole essere sempre rassicurato sullo svolgimento della storia, così tu volevi che ti ripetessi spesso questi versi.

«Forse la poesia è quasi una forma di preghiera» avevi osservato.

«Quando è vera» ti avevo risposto.

«Perché lo dici?»

«Credo perché ci pone davanti al mistero dell'inafferrabile.»

Quel giorno stesso aveva chiamato tua madre, sempre più preoccupata per te. Mi aveva detto che tuo cugino Gianfranco, l'abate del monastero, ti aspettava a braccia aperte.

Non avevi rifiutato quell'invito.

Ti avevo accompagnato alla stazione con la macchina strapiena di bagagli perché da lì, dato che ormai era estate, le ragazze e io avevamo deciso di cambiare aria andando nella nostra casa di montagna.

Era la prima volta che ci capitava di andare lassù senza di te.

La prima sera avevamo acceso il camino e tirato fuori il Monopoli, per simulare una normalità e un'allegria che, in realtà, non provavamo. Il secondo giorno mentre, sedute sul balcone, stavamo contemplando la luce dorata del tramonto che sfiorava le cime dolomitiche, Ali aveva detto: «Però, potremmo far lavorare un po' i nostri angeli, no? Noi siamo qui in vacanza, loro però non hanno bisogno di riposo, dunque potrebbero andare da papà e dare una mano al suo, insomma...».

Ginevra aveva guardato la sorella come fosse un'aliena.

«Ma che dici? Caso mai avrà bisogno del miglior avvocato!»

«A me invece sembra un'ottima idea» ho replicato.

«Be', io non ci sto» aveva concluso Ginevra scomparendo all'interno della casa, con gli auricolari nelle orecchie.

Ali e io ci eravamo prese per mano.

«Angeli cari» aveva detto poi, «voi che tingete le montagne di rosa e fate sbocciare i fiori sui prati, voi che seguite ogni nostro passo per impedirci di inciampare, dato che in questo momento noi non abbiamo bisogno di voi, possiamo chiedervi di andare da Davide, nostro padre e marito, con le vostre potenti ali? Lui è un po' pesante e il suo con la sua sola forza non ce la fa a risollevarlo.»

Poi si era affacciata alla porta e aveva chiesto: «Gin, possiamo chiedere anche al tuo di andare da papi?».

E da dentro una voce rotta aveva risposto: «Sì».

Ci avevi raggiunto in montagna tre settimane dopo; eri dimagrito e ho avuto l'impressione che sul tuo volto stesse affiorando una forma di profondità che ancora non conoscevo; d'altra parte, in quei mesi ti eri trovato davanti a un imprevisto e invalicabile muro, non potevi scavalcarlo né girargli le spalle e tornare indietro, così eri stato costretto ad affrontare il senso di quello che era accaduto.

Mentre ti guardavo stringere a te le nostre figlie pensavo che, alla fine, le vite di tutti noi sono sempre disseminate di muri, muretti e muraglie cinesi; di quelli piccoli ci accorgiamo a malapena, basta un'agilità minima per riuscire a scavalcarli e a lasciarseli dietro; ma quando si ergono più alti o addirittura assumono la forma serpeggiante di una muraglia, siamo costretti a fermarci; non esistendo più alcun orizzonte disponibile per il nostro sguardo fisico, davanti a noi si aprono due vie: quella del topo cieco che resta intrappolato o quella che ci invita alla scoperta di un orizzonte interiore a cui rivolgere la propria attenzione.

Il fuoco mediatico si era nel frattempo attenuato: una volta alla settimana compariva sulla stampa locale un trafiletto con un inutile quanto falso aggiornamento; l'autopsia, alla fine, aveva stabilito che la morte era stata causata da un arresto cardiaco, ma ancora non era chiaro se quell'infarto fosse dovuto a cause congenite o provocato da un improvviso spavento, e per questo le indagini erano ancora aperte; naturalmente io avevo attuato una forma di censura su tutto quello che poteva entrare in casa, pregando l'amico avvocato che seguiva il caso di aggiornarci soltanto se ci fossero state notizie giuridicamente importanti.

Devo confessarti che nelle prime settimane, mentre assistevo impotente al tuo sgretolamento, avrei voluto dirti, anzi gridarti: «Dov'è finito il tuo Dio? Perché non ti aiuta?».

Tu eri cresciuto in una famiglia e in un mondo in cui il credere alla Sua esistenza era un fatto naturale come il respiro, mentre io, nella mia cupa solitudine ferrarese, ero stata allevata nell'algido cono di luce del caso: la razionalità era la scala che ci avrebbe permesso di raggiungere anche i luoghi più impervi, illuminandoli con la torcia che avevamo in dotazione; nel nostro orizzonte non c'era ombra che l'intelletto non sarebbe stato in grado di dissolvere; credere che potessero esistere altre dimensioni ci avrebbe relegato automaticamente in un contesto arcaico di persone incolte e dunque facilmente plagiabili.

Tanto all'inizio ero rimasta stupefatta di fronte al tuo mondo e a quello dei tuoi genitori, altrettanto tu lo eri nei confronti del mio ambiente; tuttavia non ci eravamo giudicati e questa forse è stata la grande ricchezza della nostra vita. Tu non mi avevi mai suggerito o imposto risposte e forse proprio per questo, nel silenzio del mio cuore, avevo iniziato a farmi domande. Dato che eri sempre stato fedele a te stesso al cento per cento – e questa fedeltà era legata per me all'assenza dell'ombra che producono gli sdoppiamenti interiori – avevo iniziato a nutrire anch'io una qualche fiducia nel tuo Dio. Ma quando eri letteralmente crollato dopo l'incidente, quella fiducia era svanita, sostituita dall'ira: ai miei occhi tu eri stato fino, ad allora, un giocatore imbattibile ma a un certo punto della partita si era inserito un baro che aveva mandato gambe all'aria tutte le regole.

Così, quel giorno di inizio agosto, prima di raggiungere il rifugio che tanto amavamo, nel punto in cui il bosco di abeti cedeva il posto ai pini mughi e ai ghiaioni, ti avevo chiesto: «Credi ancora che Dio ti ami?».

Eri rimasto in silenzio fissando dei grandi corvi imperiali che volavano intorno, poi avevi risposto: «Sì».

«Com'è possibile? Non ti ha tradito? Tu non hai fatto male a nessuno.»

«Neanche Lui, e anche Lui è stato tradito» e percorrendo il rettilineo che attraversava i pascoli popolati da mucche e vitellini avevi aggiunto: «E continuano a tradirlo a ogni passo, a ogni respiro».

Avevamo pranzato al rifugio dove per fortuna non c'era folla e lì, per la prima volta, mi avevi accennato al tuo desiderio di cambiare vita: comunque si fosse risolta la questione, mi avevi detto, non avevi più intenzione di tornare a lavorare in ospedale; c'era troppa competizione, troppo arrivismo e l'incombere dei protocolli di cura ti metteva addosso una grande angoscia.

«Come si può pensare agli esseri umani come a delle macchine da riparare!» dicevi indignato. «Sostituire il contatore, cambiare la cinghia di trasmissione... Io prendo in braccio un bambino di sei mesi e già capisco non solo come sta, ma anche come starà in futuro. Ogni persona ha un'energia che è soltanto sua e la possiede fin dall'inizio. Come la si può considerare come un pollo da allevamento? E poi comunque» avevi continuato, mandando giù un grande sorso di birra, «neppure i polli andrebbero trattati così, anche loro sono creature di Dio.»

Avevamo continuato a parlare di questo tuo desiderio di una vita diversa per il resto dell'estate, lontano dalle orecchie delle nostre figlie; in fondo tu avevi capito qual era la tua vocazione osservando il medico condotto di Capracotta che era in grado di affrontare la nevicata più terribile per andare in soccorso dei suoi pazienti; non avevi mai immaginato allora, né nei tuoi anni di università, che saresti stato costretto a trasformarti in un burocrate seppellito da tonnellate di carte e neppure in un bottegaio costretto a far quadrare sempre i conti.

Oltre al tuo lavoro, iniziava a starti stretta anche la città: tu eri felice tra i tuoi monti, spaziando tra orizzonti elevati e aperti, e dover passare il tempo rinchiuso in ambienti ristretti cominciava a farti soffrire. Io ti sostenevo in questo tuo bisogno di cambiamento: una parte della nostra vita si era conclusa, era stata importante, ma non ci apparteneva più.

Prima di rientrare a Parma avevamo deciso di mettere in vendita la casa; tu, intanto, ti saresti informato su un posto libero come medico di base e l'avresti cercato fuori, in collina, se non in mezzo alle montagne. Alle ragazze non volevamo ancora far sospettare alcunché, immaginando i musi e le resistenze che avrebbe scatenato in loro l'idea di abbandonare le loro compagnie cittadine per trasformarsi in tristi eremite.

Di tanto in tanto, tra un discorso pratico e l'altro, avevamo di nuovo parlato di Dio; la sera prima di lasciare la casa di montagna, quando avevamo già pulito tutto e chiuso le valigie, a letto prima di spegnere la luce ti eri girato verso di me e avevi chiesto: «Perché parli sempre del *mio* Dio?».

«Non lo so. Forse perché non sono capace di dire neppure una preghiera.»

«A volte, il silenzio vale più di mille preghiere.»

È stato proprio al ritorno, mentre scaricavamo una pila di bagagli sotto casa, che tu ti sei fermato con una mano sul portellone e guardandomi come se non mi avessi mai vista mi hai detto: «Come sei bella!».

Era già successo anni prima, con le stesse parole e lo stesso sguardo, ma non ci avevo fatto caso; avevo preferito vincere l'imbarazzo rispondendoti scherzosa: «Come il cul della padella!».

Ma tu, invece di ridere o rilanciare con un'altra battuta, sei rimasto immobile a fissarmi.

La mattina dopo, guardandomi allo specchio, anch'io ho dovuto ammettere che una nuova luce si era posata sul mio volto: era il frutto della tempesta che avevamo appena attraversato, o forse qualcosa di più fisiologico dato che, a quell'età, il corpo cominciava a mettere in moto importanti sconvolgimenti ormonali?

A settembre sia io sia le ragazze avevamo ripreso la scuola mentre tu non eri rientrato in ospedale e dunque, per la prima volta nella vita, avevi fatto il casalingo. Ti eri impegnato al massimo, il tablet era il tuo alleato: se vedevi qualche ricetta *della nonna* ti precipitavi a realizzarla perché in qualche modo eri convinto che «l'anzianità» potesse donare saggezza gastronomica e, nei momenti critici, consultavi tua madre.

Quando tornavamo da scuola, trovavamo la tavola apparecchiata e te con il grembiule, ansioso come uno scolaretto; a volte cucinavi cose buone, altre volte piatti terrificanti. Dopo un mese, però, Ali e Ginevra avevano iniziato a preoccuparsi.

«Ma non farai più il dottore?»

«Certo» avevi risposto, «ma non voglio più lavorare come prima. Quando troverò l'impiego giusto, dovrete rinunciare ai miei manicaretti.»

A dire il vero, alcune tue pazienti più fedeli avevano continuato a portarti i loro bambini a casa perché, nonostante tutto quel fango, di te si fidavano come di nessun altro. Le ricevevi in salotto con il grembiule addosso, e spesso con un mestolo in mano, ma questo non sembrava turbarle troppo.

La prima domenica di ottobre eravamo andati noi due soli a fare una passeggiata sul tratto della via Francigena che attraversa le colline oltre la città e lì, davanti a una piccola pieve abbandonata, ti avevo detto: «Presto saremo in cinque».

Eri rimasto in silenzio poi mi avevi circondato le spalle con il braccio, stringendomi a te; eravamo rimasti così, immobili, contemplando la magnifica luce del primo autunno.

Alle ragazze avevamo preferito non dirlo subito perché temevo potesse insorgere qualche problema di percorso e volevamo preservarle dall'aggiungere un ulteriore dolore a quell'anno.

Quando, alla terza ecografia, avevamo saputo che sarebbe stato un maschio, avevi mormorato: «Elia!» e io avevo detto «sì».

Una domenica di novembre avevi voluto indire un pranzo speciale, con tanto di menu stampato e con candele accese in mezzo alla tavola; io mi ero dedicata alla torta.

Ali e Ginevra avevano approvato con il pollice

alzato il risultato dei tuoi sforzi ma, quando era arrivata la bottiglia di spumante, non avevano potuto fare a meno di chiedere: «Che cosa festeggiamo?».

«Arriverà Elia!» avevi risposto, armeggiando con il tappo.

«Chi è? Un vostro amico?»

«No, è vostro fratello.»

Sulla tavola era sceso un silenzio interdetto.

«Ma dopo tanti anni...» aveva osservato Ginevra «e poi noi... noi... siamo già in quattro...»

«E ti sembra un po' esagerato?» avevi provocato tu.

Ginevra aveva annuito.

«Ma la vita, per fortuna, è sempre esagerata!»

Era partito il tappo e, come sempre, aveva centrato in pieno il lampadario. Ali aveva battuto le mani entusiasta: «Viva Elia! Così papi non sarà più solo come il gallo in un pollaio».

Passato lo stupore iniziale, le nostre figlie erano state invase da una gioiosa eccitazione: leggevano di continuo informazioni su internet, erano informate praticamente in tempo reale su quello che stava succedendo dentro di me. Avevano scoperto che Elia era già in grado di sentire cosa avveniva intorno a lui, di riconoscere le voci, e che avrebbe amato la musica, per cui passavano il tempo conversando non più con me, ma con la mia pancia. Ogni mattina lo salutavano e spesso, durante il giorno, chiedevano: «Come si sta lì dentro?». La sera, regolarmente, gli mandavano il bacio della buonanotte.

Una volta era scoppiato uno dei loro clamorosi litigi quando Ginevra, storpiando un po' la voce come in film horror, aveva detto: «Goditela finché puoi, perché qua fuori troverai due sorelle che sono delle streghe».

Ali si era arrabbiata.

«Ma perché lo devi spaventare con queste cretinate?»

«Stavo scherzando! E poi figurati se lui sa cos'è una strega.»

«Anche se non lo sa, lo saprà appena ti vedrà.»

Apriti cielo!

Quando poi, negli ultimi mesi, avevo smesso di andare a scuola, ero diventata letteralmente ostaggio delle mie figlie: mi costringevano a stare ore sul divano ad ascoltare – o meglio, a fare ascoltare a Elia – musica che lo avrebbe reso felice; Ginevra mi bombardava di Mozart mentre Ali alternava la musica del *sitar* al mistico canto dell'Om. Anche su questo battibeccavano.

«Gli fai confusione in testa!» sosteneva Ginevra.

«No, gli farebbe più confusione nascere e vedere che io non sono rosa come voi! E poi, dato che l'Om mi appartiene ed Elia è mio fratello, dovrà per forza appartenere anche a lui.»

Ricordo quei mesi come un periodo di piacevole stordimento; mi sentivo in qualche modo portatrice di una regalità, anche se ero consapevole che quella regalità non era legata alla mia persona ma alla situazione che stavamo vivendo.

Com'era stata diversa la gravidanza di Ginevra! Piena di timori, di ansie, di sensi di colpa: e se non fossi stata all'altezza? Se fosse successo qualcosa al momento del parto, un imprevisto in grado di rovinare irrimediabilmente la sua e la nostra vita? E se anche tu all'improvviso un giorno avessi rivelato la banalità della doppiezza e mi avessi abbandonato, fuggendo con la tua avvenente caposala? E se Alisha, la mia gravidanza oblativa, avesse mutato carattere mostrando un volto distruttore che allora era ancora impossibile intravedere? A quei tempi la nostra avventura era all'inizio e scontava la fragilità del progetto non ancora divenuto piena realtà.

Se invece la gravidanza di Elia si è trasformata quasi in una marcia trionfale è perché, alla fine, anche nei momenti più bui, siamo riusciti a far vincere la saggezza, e la saggezza è la via più potente attraverso cui si esprime l'amore. Ed è solo la creatività dell'amore a trasformare con il tempo una capanna di giunchi in una fortezza inespugnabile.

A dicembre avevi trovato un posto da medico a Terenzo. La cosa ti aveva reso euforico perché il paese aveva poco più di mille abitanti e non era lontano dalle montagne: un collega sarebbe andato in pensione e tu l'avresti sostituito nel settembre dell'anno successivo.

Elia è venuto al mondo il 25 marzo, il giorno dell'Annunciazione, e ci ha messo solo venticinque minuti per farlo. Un tipetto preciso! Sia io sia lui stavamo benissimo. Fisicamente non era un torello, c'era in lui una certa delicatezza e uno sguardo pacato e curioso che già gli faceva osservare il mondo.

La gioia di Ali e di Ginevra è stata assoluta: la distanza di anni non l'aveva reso un rivale ma un compagno di cammino di cui prendersi cura.

Osservandole con Elia in braccio, avevo pensato che quel bambino inaspettato fosse giunto, forse, per dissolvere la sindrome di Caino che spesso avevamo visto affliggere le nostre figlie.

Alla fine, tutta la questione della povera ragazza morta era finita nel nulla: era stato appurato che aveva un difetto cardiaco non diagnosticato ed era stata questa la causa della sua tragica fine; le escoriazioni erano dovute alla caduta dalla bicicletta e la camicia si era aperta mentre tu cercavi disperatamente di far ripartire il suo cuore.

Naturalmente questa informazione l'avevamo avuta solo noi e i suoi genitori; i media si erano ben guardati dal restituirti il tuo onore di uomo per bene.

Ad aprile avevamo trovato questo casale poco distante dal paese; c'erano pochi lavori da fare e avremmo potuto trasferirci alla fine delle scuole; quando l'avevamo comunicato alle ragazze, c'erano stati i musi previsti ma tu non avevi concesso loro molto spazio: distava mezz'ora da Parma e comunque io mi sarei recata ogni giorno a scuola in macchina; in più c'era un servizio di autobus.

«Quando eravate piccole» avevi detto la sera a tavola «abbiamo sempre cercato il meglio per voi, sacrificando una buona parte della nostra vita; ora che siete grandi, dovete cominciare a imparare che l'amore non è mai un viaggio a senso unico.»

Da Pasqua in poi avevi passato più tempo a Terenzo che a Parma con noi. Volevi seguire personalmente la ristrutturazione per essere sicuro che venisse eseguita nel migliore dei modi. Data la tua passione per le cose concrete, oltre a vigilare sui lavori di muratura avevi anche iniziato a preparare il terreno che circondava l'edificio; era in uno stato di abbandono da vari anni, tanto che le sterpaglie e i rovi avevano iniziato a invadere ogni angolo. Ti eri comprato un decespugliatore e vari attrezzi per lavorare la terra; una volta compiuta la pulizia, avevi iniziato a progettare la divisione degli spazi; tornavi a casa la sera e parlavi con entusiasmo della qualità del terreno, delle zone al sole e di quelle in ombra, del luogo in cui sarebbe stato meglio sistemare il pollaio.

Se mai, dentro di me, ci fosse stata l'ambizione di avere un vero e proprio giardino, non avrei mai avuto modo di realizzarlo: per te la terra esisteva unicamente per essere coltivata e il suo fine era produrre cibo per noi.

Avevi costruito un pergolato davanti a casa per poterci far arrampicare una vite, scelto il luogo migliore in cui far crescere le verdure dell'orto e una zona più ristretta in cui piantare qualche albero da frutto, che avresti poi protetto con un'alta staccionata per permettere alle galline di razzolare durante il giorno, facendo così pulizia delle larve del suolo capaci di trasformarsi in flagello per gli alberi; per la notte avresti invece costruito per loro un rifugio inattaccabile come il deposito di Paperon de'

Paperoni: non sarebbe stata la Banda Bassotti a cercare una via d'accesso ma le volpi e le donnole capaci in pochi minuti di fare una vera e propria strage di pennuti.

Sentendo i tuoi racconti, Ginevra aveva un'aria sempre più preoccupata, come se si chiedesse: *Non mi toccherà dare una mano?* Ali invece si era già candidata alla cura del pollaio, non vedeva l'ora di prendere in mano i pulcini appena nati.

Malgrado il tuo impegno, i lavori non si erano conclusi nei tempi stabiliti: gli idraulici e gli elettricisti ormai scarseggiavano, bisognava avere la pazienza di mettersi in coda. Non sarebbe stato un grande problema se non avessimo dovuto consegnare la nostra casa di Parma a fine maggio ai nuovi proprietari, ma l'impegno era preso e non potevamo procrastinare. Non ci restava altro da fare che mettere tutti i mobili e gli scatoloni in un deposito e cercare una soluzione per l'estate.

Mentre lavoravamo di nastro adesivo e di etichette, Ali aveva proposto: «Perché non affittiamo un camper per un mese e ce ne andiamo a zonzo per l'Italia?».

L'idea ci aveva affascinato ma poi avevamo dovuto scartarla perché Elia aveva appena due mesi. Vivere in un residence o in un albergo sarebbe stato tristissimo, e non avevamo neppure troppa voglia di andare nella casa di montagna, così un giorno tu hai detto: «Ho parlato con mio cugino, andremo da lui al monastero: hanno tanto spazio, l'aria è buona e in più avremo la quiete necessaria per un bambino così piccolo».

Nessuno di noi era mai stato lassù. Ginevra, come sempre, era quella con il freno a mano tirato.

«Non ci toccherà mica pregare tutto il giorno, vero?»

Ali invece era curiosa: «Come sarà, un po' come l'Himalaya?».

«Più o meno» avevi risposto, «solo che è un po' più in basso.»

Elia sorrideva sempre e si guardava intorno con curiosità.

Le sorelle adoravano uscire con lui; quando le persone si fermavano per ammirare il bambino o fare qualche complimento, Ali, storpiando un po' l'italiano, raccontava di essere una balia giunta dalle vette dell'Himalaya per prendersi cura di lui, e la gente la fissava un po' stupita.

«Dall'Himalaya?»

«Certo, perché questo bambino è una reincarnazione del Buddha.» Poi, quando erano sole, scoppiavano a ridere. Di sicuro Ginevra si vergognava un po' dell'intraprendenza gioiosa della sorella, ma poi le era grata per i brevi attimi di leggerezza ed Elia, abbondantemente nutrito da me, stava effettivamente raggiungendo una rotondità degna di Gautama Buddha.

Alla fine, comunque, le ragazze avevano ottenuto da te l'autorizzazione di trasferirsi alla metà di giugno da una loro amica che aveva una grande casa sulla costa tirrenica, e questo aveva sollevato ogni ombra di tedio e di clausura dai loro cuori.

Ricordavo vagamente tuo cugino Gianfranco, l'avevo intravisto al nostro matrimonio, era un monaco benedettino. Nel rivederlo, mi era subito balzata agli occhi la vostra straordinaria somiglianza. Invecchiando, avevo pensato, la traccia genetica viene fuori rendendo più evidenti i nostri legami di sangue.

Gianfranco era il figlio di un tuo zio materno ed eravate quasi coetanei; negli stessi giorni in cui ti laureavi, mi avevi raccontato, lui aveva deciso di abbandonare il mondo. «Non era già nato con l'aureola, sia ben chiaro» avevi aggiunto, «anzi, da ragazzo era stato super scapestrato: suonava la chitarra in una band e le ragazze gli morivano dietro e io rosicavo non poco.»

A differenza tua, che sei decisamente uno stanziale, fin dall'adolescenza tuo cugino era stato un giramondo, aveva attraversato tutta l'Europa in autostop con la sua chitarra, sfidando l'ira e la disperazione dei suoi genitori. Poi, un giorno, aveva preso un traghetto dalla Spagna ed era arrivato in Marocco; laggiù aveva incontrato il deserto e quando era tornato indietro non era più lo stesso; tra quelle dune una parte di lui era morta e un'altra era venuta alla luce. Aveva trovato un libro su Charles de Foucauld e, leggendolo, aveva capito che Dio amava i grandi ribelli e che forse solo i grandi ribelli riuscivano a entrare in rapporto fecondo con Lui.

L'anno in cui avevi completato la specializzazione in Pediatria, Gianfranco era entrato come novizio in un'abbazia benedettina. Anche se in tutti quegli anni vi eravate visti davvero poco, tra voi era rimasto comunque un legame profondo, ed era quel legame ad averti salvato dal devastante annichilimento in cui eri precipitato dopo l'incidente.

Tuo cugino viveva ormai da anni in un piccolo monastero incastonato tra i boschi di faggi e le impervie rocce dell'appenino assieme a un altro monaco un po' più grande di lui e uno molto anziano fuori di testa di cui si prendevano cura; avevano le api e qualche capra per il latte, oltre a un piccolo orto la cui terra era stata sottratta all'onnipresente calcare. Tutto infatti intorno era brullo, prigioniero di una pietra calcarea nemica di qualsiasi crescita.

Salendo con la macchina per quelle strade deserte le ragazze e io eravamo rimaste molto colpite dalla differenza tra le Alpi dove passavamo le vacanze e quelle montagne aspre, arse, tra cui sembravano poter vivere solo serpenti.

«Ma i boschi?» aveva domandato Ginevra.

«I boschi sono oltre i mille metri» ci aveva spiegato più tardi tuo cugino «e sono boschi di faggi; per questo fin dall'antichità i monaci in fuga dal Medio Oriente raggiungevano questa zona, perché l'uniformità di forme e di colori di quei possenti alberi ricordava loro la misteriosa e cangiante uniformità del deserto che avevano dovuto abbandonare.»

Le ragazze erano un po' sbalordite da quel mondo fuori dal mondo; naturalmente non c'era alcun tipo di Wi-Fi e già al secondo giorno avevano cominciato a lamentarsi.

«Finiremo tutti i giga!»

«Ve li ricomprerò» avevi tagliato corto. Questa rassicurazione le aveva acquietate e anche un po' sorprese perché tu eri sempre stato un po' ostile a queste cose. Avevo capito che in quei giorni non volevi creare inutili attriti.

Tu seguivi i ritmi di preghiera dei monaci mentre le ragazze e io facevamo delle passeggiate nei dintorni o ce ne stavamo semplicemente sedute al sole, io con un libro in mano e loro con le cuffie e gli smartphone.

Il libro che mi ero portata era una biografia di Hildegard von Bingen, regalatami da una mia collega appassionata di cure naturali. Hildegard, vissuta nel XII secolo, era entrata in monastero a dieci anni per volere della famiglia; piccola, impossibilitata a studiare in quanto donna e malferma di salute, era stata grande in tutto: botanica, astronomia, medicina, musica; così grande che più di mille anni dopo io potevo leggere le sue parole rimanendo avvinta da un profondo stupore.

Quella lettura mi poneva tante domande per cui una sera, dopo la parca cena, ero andata a camminare con tuo cugino nella splendida luce che, al tramonto, attraversava quelle montagne; l'incombere della notte e l'asperità del terreno ci permettevano di compiere solo un breve tratto di sentiero e proprio andando avanti e indietro avevo chiesto a Gianfranco: «Come si fa a sentire la voce di Dio?».

«La voce di Dio è un vento leggero» mi aveva risposto «come quello che all'alba accarezza il deserto.»

«Ma una persona che vive nel rumore mondo, dove la può trovare?»

«Nel silenzio profondo del cuore.»

«Quanto profondo?»

«Tanto da essere in grado di eliminare tutto ciò che non è necessario.»

In quelle settimane, la passeggiata dopo cena con tuo cugino era diventata una delle mie abitudini quotidiane. Non mi hai mai domandato di che cosa parlavamo, né mai mi hai chiesto di unirti a noi. Credo che la vera libertà che ci siamo concessi sia stata il fondamento della nostra vita insieme: esserci l'una per l'altro senza mai desiderare il reciproco possesso. Com'è raro giungere a questo equilibrio! La vita, con le sue asperità, logora e la tentazione di scegliere vie più sicure è sempre presente.

Una volta ti avevo chiesto la ragione di questa tua quasi innata fiducia nei rapporti.

«Basta guardare le piante» mi avevi risposto, «un seme si schiude e, senza chiedere permesso a nessuno, lo stelo buca la terra e sale in alto, verso la luce del cielo. La stessa cosa, con molta più caparbietà, fa un albero: la ghianda germoglia e nel giro di qualche anno, dove prima non esisteva niente, c'è un luogo in cui sedersi e riposarsi all'ombra. E i bambini non fanno forse la stessa cosa? Vengono al mondo, in breve tempo sorridono alla comparsa dei genitori e diventano beati se vengono presi in braccio. L'amore e la luce guidano ogni crescita. Cambierò opinione» mi avevi confessato «soltanto se vedrò un giorno i semi incistarsi come parassiti dentro la terra, gli alberi lanciare le radici verso il cielo e i bambini e tutti i cuccioli del mondo provare gioia nell'essere trascurati dalle loro madri. Ma se mai questo avverrà, spero di non esserci perché una realtà le cui leggi si invertono non sarebbe più il nostro amato mondo ma un vero e proprio inferno.»

«Molte volte» sosteneva tuo cugino «si pensa che la fede sia un abito già pronto da indossare: qualcosa che c'è nell'armadio o che non c'è; e se non c'è non viene in mente di andare a cercarlo, ci si accontenta di mettere il primo che si trova. Ma la fede non è per i perfetti, per gli azzimati, per gli inamidati; la fede non è un vestito ma una tunica piena di strappi. La fede è per gli inquieti. Io ad esempio» mi aveva confessato «ogni tanto litigo con Dio, litigo così forte che esco dalla stanza sbattendo la porta.»

«Perché lo fai?»

«Per il dolore degli innocenti, per cos'altro ci si dovrebbe indignare?»

«E l'Onnipotente non si arrabbia?»

«Al contrario, Dio ama gli uomini veri, non i servi sciocchi. Quando poi facciamo la pace sono i momenti più belli.»

Mi piaceva parlare con Gianfranco perché in lui ritrovavo la tua stessa libertà interiore.

«Forse stai riuscendo a dare un nome a tutto quello che hai dentro» mi ha detto un giorno.

«Alla mia sete di chiarezza?»

«Che cos'è quella sete se non un implacabile bisogno di Verità?»

Dato che non esistevano celle matrimoniali, in quei giorni dormivo da sola con Elia. La finestra della mia stanza dava sulla valle, davanti a me non c'erano luci, né abitazioni, né costruzioni: sembrava di essere tornati indietro di oltre un millennio, all'epoca stessa in cui i monaci vi si erano trasferiti. Accanto a me, Elia dormiva con le manine alzate ai lati della testa e un'espressione di assoluta beatitudine. Sentivo in lontananza scorrere il fiume che in un punto non troppo lontano formava una piccola cascata. La luna era alta in cielo e piena, la sua luce così intensa che avrei potuto vedere gli insetti camminare sulle foglie della roverella poco lontana dalla finestra. In quell'aria apparentemente immobile, mi era tornata la poesia di Leopardi che avevamo ripetuto insieme quel giorno:

Che fai tu, luna, in ciel? dimmi, che fai,
silenziosa luna?
Sorgi la sera, e vai,
contemplando i deserti; indi ti posi.

Mentre la stavo ripetendo, a un tratto ho avuto la sensazione che un vento leggero, quasi quanto un respiro, stesse sfiorando il mio volto; le foglie si erano mosse appena e, nello stesso istante, anche nel mio cuore si è mosso qualcosa, come un piccolo salto – un'extrasistole, avresti detto tu – ma a me era sembrato il fremito di gioia che pervade i cani quando rivedono i loro padroni dopo tanto tempo.

Avevo lasciato la finestra aperta e mi ero sdraiata sul letto, sospesa in una pace mai provata prima.

«Il vento soffia dove vuole» mi aveva detto qualche giorno prima padre Gianfranco.

In quel momento e per sempre ho capito che aveva ragione.

Quattro giorni dopo avevamo battezzato Elia.

Stipati in un furgoncino erano arrivati da Capracotta i nonni e gli zii che avrebbero fatto da padrini. Tu, già il giorno prima, eri sceso in paese a comprare una torta degna dell'occasione e lo spumante, mentre capienti borse frigo zeppe di cibarie erano scese dal pullmino dei tuoi.

Elia era tra le mie braccia con indosso la tunica bianca e si guardava intorno incuriosito da tutta quella folla. Tuo cugino aveva versato l'acqua benedetta prima sulla testa del bambino, poi io avevo chinato il capo sul fonte battesimale e l'aveva versata sulla mia.

«Io vi battezzo, Elia e Chiara, nel nome del padre, del Figlio e dello Spirito Santo.»

Avevo visto Ginevra strabuzzare gli occhi, tu eri accanto a me e non avevo potuto notare la tua reazione.

Finita la celebrazione, avevamo passato la giornata tutti insieme; Elia passava di braccio in braccio come un piccolo re e nell'aria aleggiava la serena allegria delle cose importanti. I parenti se n'erano andati nel tardo pomeriggio e il giorno dopo avresti accompagnato le nostre figlie al mare.

«Avresti potuto dirmelo» mi avevi detto quella sera, accompagnandomi alla mia cella.

«È stato un colpo di fulmine, e per i colpi di fulmine non ci sono parole.»

«I miei sono rimasti delusi, non erano pronti a una gioia così grande. Sembrava che tu non l'avessi voluta condividere con loro.»

«Mi dispiace, in fondo è stata una sorpresa anche per me. Il vento soffia dove vuole.»

Avevo già sistemato Elia nella culla e in mano mi era restata la sua veste battesimale.

«Ora sono candida» ti avevo detto, sventolandotela sotto il naso.

«Lo sei sempre stata» mi avevi risposto e poi eravamo rimasti a lungo stretti in un silenzioso abbraccio.

Questi dieci giorni sono volati, stamattina mi è già arrivato un tuo messaggio sgrammaticato – potresti davvero metterti gli occhiali, come ti ripeto sempre – in cui mi comunichi l'organizzazione del rientro: Ginevra raggiungerà Bologna con il bus da Cortina e lì la recupererai, per andare poi a Fanano a ritirare Elia dal suo amico, mentre Ali atterrerà a Milano, la sera tardi, e dunque sarà il suo Luca a riaccompagnarla a casa il giorno dopo.

Dato che ho vissuto come un topolino durante queste vacanze, più che mettere a posto il disordine dovrò prepararmi ad affrontare l'impatto – dopo tanta quiete – del vostro ritorno: arriverete pieni di valigie e di zaini chiusi alla bell'e meglio e con la voglia di raccontare tutto quello che avete vissuto.

L'unico che ho sentito ogni giorno è stato Elia. Era

la prima volta che affrontava il mondo da solo ed ero preoccupata che venisse colto da momenti di sconforto e di nostalgia; se così fosse stato, sarei balzata in macchina per andare a prenderlo ma, per fortuna, lui era entusiasta della famiglia del suo compagno di asilo: l'ho capito dal tono spiccio con cui rispondeva al telefono. Fosse stato malinconico avrebbe passato il tempo a lamentarsi, se non a scoppiare direttamente in lacrime, ma lui è dotato di un temperamento davvero equilibrato per un bambino della sua età.

È vero, lo hai notato anche tu, fin da quando era in culla, Elia ha manifestato i segni di pacata saggezza; osservava tutto con attenzione e uno sguardo gentile, non gridava mai, non piangeva, sembrava essere stato catapultato sulla terra da un pianeta di un altro sistema solare. Ma non è forse così per ognuno di noi? Veniamo al mondo e non abbiamo la minima idea di dove abbiamo vissuto fino al momento del concepimento. C'è un prima e c'è un dopo, ambedue avvolti da un imperscrutabile mistero. E il mondo da cui le nostre anime vengono chiamate una a una sarà anche lo stesso mondo in cui un giorno, compiuto il nostro cammino, torneremo?

Negli ultimi anni ogni tanto abbiamo parlato di questo, ricordi? Ti avevo citato un brano di una poesia di Montale dedicata alla moglie morta da poco:

Avevamo studiato per l'aldilà
un fischio, un segno di riconoscimento.

Mi provo a modularlo nella speranza
che tutti siamo già morti senza saperlo.

E ti avevo chiesto: «Con tutta la gente che c'è al mondo, come faremo a ritrovarci una volta passata la soglia?».

«Penso che non avremo nessun bisogno di ritrovarci, perché l'amore che ci unisce è già un frammento dell'eternità.»

Comunque, nella illogica logica del mistero, c'è anche questo: Elia è stato concepito in un momento in cui entrambi eravamo preda di un'assoluta disperazione; secondo i canoni correnti, avrebbe dovuto essere un bambino segnato da una forte fragilità psicologica, ma così non è stato; anzi, invece di portare turbamento nella nostra famiglia, è stato come un piccolo sole che ha riscaldato i nostri cuori. Ha riappacificato le sorelle, ora unite dal fatto di avere una responsabilità comune e, arrivando in un tempo in cui non pensavamo più possibile succedesse, ci ha in qualche modo donato lo slancio di una nuova giovinezza.

Spesso in questi anni vi ho osservati dalla finestra: da te Elia ha preso la passione per la terra, già a tre anni ti seguiva con la sua piccola paletta e il rastrellino in mano; guardava quello che facevi tu e poi copiava lanciandoti, quando era in dubbio, degli sguardi interrogativi, sembravi un gigante con un nanetto al tuo servizio. Quando era piccolo lo caricavi sulla carriola ma, appena è stato sufficientemente saldo sulle gambe, gliene hai comprata una tutta sua e con questa ti trotterellava dietro.

Fisicamente ha preso più da me che da te perché in linea di massima i maschi «matrizzano» mentre le femmine «patrizzano», cioè tendono ad assomigliare al padre: la desolazione di Ginevra per le sue gambe troppo robuste e non sufficientemente lunghe sta tutta in questa «maledizione» genetica. Ma se Elia mi somiglia nel fisico, nella mente e nel cuore è la perfetta fusione di noi due: implacabile ragionatore come me, ma arricchito da quella spontanea e assoluta generosità di cuore che ti appartiene.

Ti confesserò che non di rado, mentre lo osservo crescere, mi pongo la stessa domanda che ci eravamo fatti anni prima per le nostre figlie: l'educazione che gli abbiamo dato non lo renderà forse inadatto a sopravvivere nel mondo contemporaneo, sempre più veloce, sempre più complicato, sempre più feroce e fuori controllo? La rapidità del mutamento in questi ultimi vent'anni è stata a dir poco angosciante.

Che cosa farà Elia da grande?

Passerà tutta la vita tra le cime appenniniche a fare il pastore? E se invece avesse ereditato la tua vocazione per la medicina, e dunque per l'uomo, e si trovasse costretto, non solo a sottostare ai protocolli, ma anche a cedere agli algoritmi la complessità di una diagnosi, come potrà non sentirsi umiliato nella sua umanità? In che modo potrà mai ribellarsi a un sistema che ha venduto la nostra anima ai fantocci dell'intelligenza artificiale, a un mondo che pretende di ridurci a realtà fisiche riproducibili, comprabili ed eliminabili secondo la necessità del momento?

Se l'angelo allora ti ha suggerito quel nome – così raro e così fuori moda – forse è proprio per ricordare il ruolo che ha avuto il profeta biblico nello sfidare i sacerdoti di Baal, umiliandoli con una cocente sconfitta? I nomi segretamente portano con sé un destino: sarà dunque Elia sempre in grado di distinguere ciò che è vero da ciò che vero non è, da quella falsità che imprime ai nostri giorni il sigillo della distruzione?

E di quanti piccoli Elia avremo bisogno per invertire la rotta, di quanti bambini, di quanti adulti capaci di alzare l'indice e dire: «Il re è nudo!»?

Sessantasei milioni di anni fa un asteroide grande come l'Himalaya è precipitato sul nostro pianeta e le conseguenze di questo impatto sono state devastanti per la Terra. Se fosse caduto nel mezzo del mare avrebbe creato un'immensa cortina di vapore acqueo, ma è caduto – ora gli scienziati lo sanno – in un mare basso, una specie di palude ricca di carbonio e di zolfo, per questo prima si è formata una nube vaporizzata incandescente e poi un'altra, di polvere e anidride carbonica: una pioggia di fuoco, insomma, a cui è seguita l'angosciosa opacità di una nebbia perpetua.

Quella modificazione dell'atmosfera è stata la condanna a morte della maggior parte dei viventi: niente più raggi di sole, niente più alternarsi del giorno e della notte, nessuna fotosintesi delle piante, nessun cibo, niente ossigeno. Ai più non è rimasto che soccombere, ma quel devastante vuoto di morte ha aperto, in seguito, la possibilità ad altre specie di comparire: al posto dei rettili, lentamente e inesorabilmente è iniziata la lunga marcia dei mammiferi.

Spesso mi domando se avremmo potuto nascere e sopravvivere come specie se la Terra fosse stata ancora percorsa dalle terrificanti corse del *Tyrannosaurus rex*. Come avremmo potuto difenderci? Per loro non saremmo stati molto diversi da un'oliva da sgranocchiare come aperitivo. Scomparendo, ci hanno generosamente dato la possibilità di apparire.

Ora viviamo tutti immersi nella falsa angoscia degli scarichi delle nostre automobili e del meteorismo dei ruminanti; se si conoscesse un po' più la storia della Terra e quelle dei viventi, a essa legate, se si conoscesse anche semplicemente un po' di più la storia degli esseri umani e si desse meno ascolto ai bombardamenti informatici, ci si renderebbe conto che, da quando la vita esiste, è tutto un susseguirsi di morti e resurrezioni: la vita si sviluppa in una forma, poi viene cancellata e ne nasce un'altra.

La vita, come dici tu, è davvero esagerata: c'è una tale energia creativa in lei da essere sempre in grado, dopo ogni apparente sconfitta, di rimetterla in moto; e di questa energia, con tutta la nostra scienza, non siamo in grado di analizzare che minuscoli frammenti.

Una volta ti avevo letto l'intervista di un grande scienziato, ricordi?, il quale sosteneva che la scienza corrisponde ai fari di una macchina che procede nella notte: illumina la strada davanti a sé, permettendo di procedere ma, in questo andare avanti, è consapevole di essere circondata da una grande oscurità. Nei nostri tempi si cerca di imporre un'idea molto diversa a questa meravigliosa e insaziabile curiosità umana. La scienza, ci viene detto, ha in mano le chiavi della salvezza del mondo; monitoriamo tutti i meteoriti che girano minacciosi nello spazio, studiamo sistemi per disintegrarli molto prima che giungano nella nostra atmosfera; teniamo sotto controllo anche i vulcani perché anche loro hanno causato estinzioni e costituiscono comunque una minaccia costante.

Ma non credi che in tutto questo tripudio di controlli ci siamo dimenticati del controllo più importante, quello del nostro cuore?

Ricordi quella volta che, tornando a casa, mi hai detto: «Vedo solo bambini avvizziti»?

«In che senso?» ti avevo chiesto.

«Come i fiori di serra: perfetti fuori ma morti dentro.»

Quella sera avevamo discusso fino a tardi anche perché io stessa, nel corso degli anni, avevo notato il progressivo avvizzimento dei miei studenti, come se percepissi in loro l'assenza di ogni curiosità, di ogni stupore, di ogni desiderio di porsi domande.

Non è forse il nostro cuore un piccolo sole? Quando è privo di nubi, la sua luce risplende nello sguardo, quando è avvolto dalla nebbia lentamente e inesorabilmente anche i nostri occhi si spengono.

Ci preoccupiamo ossessivamente della nostra salute fisica senza venir sfiorati dall'idea che esista anche una salute dell'anima: solo quest'ultima è capace di metterci in contatto con quella che Hildegard von Bingen chiama «eco delle armonie celesti».

Quanta nostalgia abbiamo di queste armonie? E quanto siamo inconsapevoli ormai – in un mondo in cui è stata cancellata anche la natura dell'uomo – di questa armonia? Nostalgia della nostra umanità, nostalgia della nostra grandezza, nostalgia del mistero che costantemente ci genera e ci rigenera, mettendo in moto la smisurata energia che caratterizza i grandi amori.

Ricordi quando ti avevo raccontato della *Viriditas* di Hildegard – che avevo appena scoperto leggendo il libro che mi ero portata da tuo cugino – quanto ti eri entusiasmato?

«Ecco quello che manca» avevi detto. «Manca il *Vir*, l'uomo, e manca la *Vis*, la forza. Senza queste due realtà non si può far altro che spegnersi. Per questo i bambini sono avvizziti.»

Viriditas, l'energia della natura, il fluido che nutre costantemente la Terra e tutto ciò che vi vive sopra, la forza che niente può fermare e il cui segreto nessun microscopio potrà mai svelare.

«E il contrario che cos'è, secondo te?»

Mi era venuta subito in mente l'acqua. Senza di essa nulla può esistere: nell'acqua nasciamo, l'acqua ci disseta, l'acqua ci nutre, l'acqua ci fa rinascere, l'acqua che dona – solo a noi tra i viventi – il privilegio delle lacrime. Così dopo aver contemplato la desolazione del nostro tempo, ti avevo risposto: «L'*Ariditas*».

«Certo! *Viriditas* contro *Ariditas*!» avevi esclamato entusiasta e avevi continuato a parlarne con la stessa foga con cui di solito parli della tua squadra preferita durante il campionato.

Al momento di andare a letto, già in pigiama, mi avevi detto: «Almeno questo l'abbiamo fatto».

«Che cosa?»

«Abbiamo cercato di combattere l'*Ariditas.*»

Ci eravamo infilati poi sotto le coperte. Credo fosse la fine di agosto o i primi di settembre perché ancora dormivamo con la finestra accostata per fare entrare aria fresca; un vento leggero sfiorava il grande tiglio poco distante dalla casa. Ogni albero accarezzato dal vento risuona in modo diverso, avevo pensato.

Non è forse così anche per noi?

Qualcuno vibra al minimo soffio, qualcun altro rimane muto e immobile anche nel mezzo di una tempesta. Avevo allora cercato tra le lenzuola la tua grande mano calda e tu avevi subito risposto al mio tocco. Incredibilmente non ti eri ancora addormentato: il tuo magico potere, da me invidiatissimo, di sdraiarti e sprofondare immediatamente nell'oblio del sonno, quella sera non si era manifestato. Così ti avevo detto: «Sì, in qualche modo, almeno per un po', abbiamo cercato di riparare il mondo».

Avrei voluto dirti anche «amore mio», ma sai che queste parole mi restano incastrate in gola.

Così ora ti scrivo: tra poche ore, amore mio, sentirò il rombo della nostra macchina che percorrerà la strada bianca, lampeggerà il cancello automatico e in pochi istanti irromperete tutti e tre in casa, lanciando dove capita i vostri bagagli; tu ed Elia avrete di sicuro gli scarponi sporchi, mi stritolerai in un abbraccio e subito dopo ti dirigerai verso il frigo dicendo: «All'autogrill abbiamo mangiato un panino da schifo». La desolazione apparirà sul tuo volto non appena ti accorgerai che non ho preparato niente e allora Ginevra che tende sempre a sindacalizzare, chiederà: «Ma mamma, cosa hai fatto tutto questo tempo?».

«Sono stata con voi» vi risponderò.

Un silenzio perplesso scenderà allora sulla cucina. Sarà Elia, credo, a spezzarlo e sventolando il suo cappellino riderà trionfante: «Allora, cena maiala!».

Indice